DESFILE
de
WALT DISNEY

Colección Estrella
EDITORIAL SIGMAR

NOVENA EDICIÓN

Rebelión de hormigas

MICKEY exclamó: —¡Aaaahhh...!

Y dejándose caer en la cómoda perezosa, agregó: —¡Esto sí que es vida...!

Y no era para menos. En su casa de campo todo era silencio y paz. Daba gusto quedarse horas enteras a la sombra de los frondosos árboles, oyendo el murmullo del cristalino arroyo que corría por el campo.

Pero aquella paz hubiera sido mucho mayor si a Mickey no se le hubiese ocurrido pasar sus vacaciones en compañía de su viejo y querido amigo Dippy. Porque claro: Dippy se aburría y como no sabía en qué ocupar su tiempo, molestaba.

—Mickey, ¿cuándo nos volvemos a la ciudad? —preguntaba a cada momento—. Yo no sé en qué entretenerme.

—Saca un libro de la biblioteca y lee. Así no te aburrirás —se le ocurrió decir a Mickey, por fin.

—¡Formidable! Aquí encontré uno super interesante. Lo voy a leer de corrido —contestó Dippy, después de haber saltado hacia la biblioteca.

Y se quedó a leer. Horas más tarde, Mickey lo vio sentarse frente a un gran frasco lleno de tierra.

"Parece que ya terminó el libro", pensó Mickey, "voy a ver qué hace ahora".

—¡Oia! —exclamó—. ¿De dónde sacaste ese hormiguero?

—No lo saqué. Lo hice yo, llenando de tierra este frasco y metiendo en él a esas enormes hormigas negras que en seguida comenzaron a cavar este hermoso hormiguero lleno de túneles. Lo aprendí de ese libro que me recomendaste y que se llama: "La apasionante vida de las hormigas".

A Mickey no le atrajo mucho la idea de tener un hormiguero en su propia casa, pero lo dejó hacer. Mientras tanto, Dippy seguía observando y anotando lo que hacían las hormigas. Las estaba estudiando.

Pero si a Mickey no le gustó mucho la idea de Dippy, a las hormigas les gustó menos.

—¡Salute! ¿Y ése de dónde salió? —se preguntaron las hormigas al ver a Dippy.

—Es uno que está estudiando nuestras vidas —contestó otra.

—¿No me digas? Ya estamos hartas de que los humanos se anden metiendo en nuestros asuntos privados. Digámosle que vaya a curiosear a otro lado —dijo otra de las hormigas.

—Eh, tú, chusma: mete las narices en otra parte y déjanos vivir nuestra vida —le gritaron, blandiendo amenazadoramente sus antenas.

Pero Dippy seguía observando y anotando sin darse por enterado.

—No hay caso —se lamentaron las hormigas—. Los humanos nos estudian desde hace miles de años y todavía no aprendieron nuestro lenguaje. Nosotras, sin hacer tanto escándalo, conocemos todos sus idiomas.

—Eso significa que deberemos abandonar este hormiguero y alojarnos en otro donde no nos pueda ver —ordenó una que parecía ser la jefa.

Y esa noche, mientras Dippy y Mickey dormían, dejaron el frasco y se fueron.

Cuando a la mañana siguiente Dippy se levantó y corrió hacia el frasco, sin siquiera lavarse la casa, casi se desespera.

—¡Mickey —gritó—, las hormigas me abandonaron!

—¿Te abandonaron? ¡Qué lástima! —contestó Mickey.

Pero en realidad, Mickey se sintió aliviado. Eso de criar hormigas no le gustaba nada. Fue entonces cuando se le ocurrió apoyarse en una columna de madera de la casa y... ¡CRACK! ¡La columna se vino abajo! Y además de la columna caída empezaron a salir centenares de hormigas que corrían a más no poder y hacia todos lados, hasta que encontraron un agujerito en otra de las columnas y por allí se metieron, desapareciendo.

—Ahora sí que estamos fritos —dijo Mickey—, "tus" hormigas reemplazaron la tierra del frasco por la madera de las columnas y allí han decidido cavar sus

hormigueros. ¡Me agujerearán la casa!

Mickey no exageraba, porque daba la casualidad de que toda su casa de campo era de madera.

—¡Veneno! —exclamó—. Hay que echarles veneno o mi casa se convertirá en un hormiguero gigante y mis vacaciones en un infierno.

Pero las hormigas tenían ideas muy personales sobre el asunto.

—¿Oyeron a ese petiso? ¡Primero nos espían y ahora quieren envenenarnos! ¡Atención chicas: prepararse para la defensa!

cambio, estaba triste: había perdido la posibilidad de estudiar a las hormigas. Mickey se dio cuenta y le dijo:

—Prepara las cañas; iremos a pescar.

—¡Fenomenal, la casa es nuestra! ¡A la carga, muchachas!

Esto no lo dijo Dippy, sino las hormigas que, en cuanto oyeron que Mickey salía junto con su amigo, se lanzaron hacia la alacena. Muy pronto el queso, el salchichón, el jamón, la fruta y los tomates se convirtieron en trocitos muy diminutos de queso, salchichón, jamón, fruta y tomate y pasaron de la alacena al hormiguero, transportados por las hormigas.

—¡Mama mía! ¡Nos pelaron la alacena! —gritó Mickey cuando regresó—. ¡El veneno no les hizo nada!

—¡Kerosén! —gritó después—. ¡El kerosén es infalible contra las hormigas!

—¡De manera que ahora quiere ahogarnos con ese pestilente líquido! —exclamaron las hormigas en cuanto lo oyeron—. Le daremos una lección.

Y en seguida construyeron unos largos canales que empezaban en la entrada del hormiguero, seguían por el interior de la columna y terminaban en el piso.

—Les voy a echar el kerosén por el mismo lugar donde eché el veneno.

Así dijo Mickey y, poniendo un embudo a la entrada del hormiguero, volcó por el una damajuana entera de kerosén.

—¡Mickey! ¡El kerosén surge por esos agujeritos del piso que antes no estaban!

—¡Repanocha! Es verdad: lo meto por un lado y sale por el otro.

Mientras tanto, las hormigas, y para evitar riesgos, se trasladaron a otra columna yendo siempre por el interior de la madera, y allí construyeron un nuevo hormiguero en un periquete.

Pero Dippy las descubrió:

—Mickey, las hormigas han cavado un nuevo hormiguero en esta otra columna. Aquí está la entrada.

Así dijo la hormiga que parecía ser la jefa. Y muy pronto comenzaron a levantar, con una pasta especial que ellas preparaban, formidables tabiques de contención para evitar que el veneno cayera hasta el fondo del hormiguero. Con esos tabiques taponaron la entrada y los túneles construidos en la nueva columna.

—Se metieron por este agujerito —dijo mientras tanto Mickey—. Debo apurarme antes de que se venga abajo esta columna también.

Echó el veneno y se quedó muy tranquilo, seguro de su efecto. Dippy, en

—Les echaré kerosén por allí, entonces.

Y corrió a buscar otra damajuana. Pero antes de que volviera, las hormigas que habían escuchado todo, construyeron nuevos canales. Y cuando Mickey echó el kerosén, éste volvió a surgir por el piso.

—¿Será posible que estas hormigas tengan tantos recursos para defenderse? ¡Ni que adivinaran lo que uno va a hacer! —dijo Mickey.

—¡Ah, me hiciste acordar de una cosa! —exclamó Dippy—. Quise decírtelo muchas veces pero siempre me olvidaba: las hormigas entienden nuestro idioma.

Mickey no lo podía creer. Pero...

"Voy a ponerlas a prueba", pensó, "diré en voz alta lo que planeo hacer, y así comprobaré si me entienden o no como asegura Dippy".

Y gritando, dijo:

—Prenderé fuego a la casa. No me importa quedarme sin vivienda. ¡Lo que quiero es vengarme de estas malditas hormigas!

Decirlo y ver un impresionante e impresionado ejército de hormigas que salían del hormiguero como si lo persiguiera el diablo, fue todo uno.

—¡Tenías razón! —exclamó Mickey—. ¡Mira cómo escapan!

Pero no escaparon muy lejos. Salieron al campo y se detuvieron a poca distancia para comprobar si era cierto lo que había amenazado Mickey. Al ver que, a pesar de transcurrir los minutos no surgía ni la llama de un miserable fósforo, se tranquilizaron.

—Lo ha dicho para asustarnos —dijo la jefa—. Volvamos.

Y Mickey, sin poder remediarlo, las vio entrar otra vez y hasta le pareció que le hacían pito catalán con las antenas.

—Estas canallitas saben muy bien que yo no sería capaz de incendiar la casa. Pero ya tengo la solución para librarme de ellas: buscaré un oso hormiguero.

Y salió corriendo, aparentemente en pos de ese oso hormiguero.

Ahora sí que las hormigas se espantaron. Pero la jefa las tranquilizó:

—En esta región no hay osos hormigueros. Lo ha dicho para asustarnos.

Al rato regresó Mickey. Y para horror de las hormigas, en sus brazos traía un enorme y hambriento oso hormiguero.

—El director del zoológico es amigo mío —explicó Mickey—, y me lo prestó.

—¡Patitas, para que las quiero! —exclamaron las hormigas, saliendo a la disparada. Recién se detuvieron cuando se hallaron a veinte leguas de la casa.

Cuando las vio desaparecer, Mickey lanzó un suspiro de alivio largo así:

—¡AAAAAAAAAHHHHHH!

—Ahora podré seguir disfrutando de mis vacaciones —dijo después que suspiró—. Devolveré el oso hormiguero y... ¡Cielos! ¿Dónde se metió?

Ocupado en las hormigas, no había visto que el oso se metía en el dormitorio para subir después a la cama y tenderse allí tranquilamente. El que lo descubrió fue Dippy, que gritó:

—Mickey: el oso hormiguero resultó ser osa. ¡Mira cuántos ositos hormigueros acaban de nacer!

—¿Qué? ¿Cómo? ¿Cuándo? —preguntó Mickey que casi se desmaya.

En ese momento sonó el teléfono. Era el director del zoológico:

—Mickey —le dijo—, me olvidé de avisarte que esa osa hormiguera, a fuerza de andar entre hormigas se hizo amiga de ellas y que ya no las quiere como alimento. Ahora, lo único que come, es una pasta especial que fabrican las hormigas

para construir tabiques. Te lo digo para que busques la forma de que no pase hambre. Está por ser madre...

—¡Ya es madre! —chilló Mickey. Pero ya su amigo había cortado.

—¿No dejarás morir de hambre a esta osa y a sus hijitos, verdad, Mickey? —preguntó Dippy.

Mickey no contestó. En cambio, se puso de todos los colores. Era de rabia. Pero tuvo que resignarse.

—Hormigas, hormiguitas, hormiguitas... ¿Tendrían la gentileza de regresar a mi casa y de darles de comer a una osa hormiguera que se alimenta de una pasta especial que preparan ustedes?

Esa voz es de Mickey quien, después de haber caminado veinte leguas, logró dar con las hormigas para pedirles que volvieran.

Las hormigas no se lo hicieron repetir y regresaron. De todas maneras, concertaron con Mickey un pacto de no agresión, y en vez de instalarse en las columnas se alojaron en el jardín. Poco después prepararon una gran cantidad de aquella pasta para la osa y sus bebés. Por su parte, Mickey tuvo que comprometerse a dejar todos los días y a la entrada del hormiguero, una porción de queso, 100 gramos de salchichón, 100 de jamón, algunas frutas y cuatro tomates.

A Dippy, aquello le resultaba sumamente atrayente, y tuvo así un motivo de entretenimiento. Y al finál Mickey pudo gozar en paz o por lo menos bastante er paz, de aquellas vacaciones tan violentamente interrumpidas.

Pluto en el campo

DESDE hacía un tiempo la casa de la abuela Donalda perfumaba como...

—La casa está perfumada con gusto a polen pero no es polen —dijo Gansópolis aquella noche—. ¿No me revelarás este asunto de una vez, Donalda?

Donalda le dijo a su amigo:

—Sígueme... siempre que cierres los ojos y prometas no abrir la boca.

En un galpón que Gansópolis no visitaba desde hacía mucho tiempo oyó un ruido muy peculiar. ¡Eran varias colmenas de abejas que la abuela Donalda cuidaba!

—Pongámonos los cascos y las máscaras. Con las debidas precauciones las abejas son inofensivas —explicó Donalda, acercándose a una colonia.

Pluto, que acompañaba a los excursionistas, ladró espantado: abejas significaba miel, pero también una tromba de "bsbs-bsbs" cuando se enojaban...

—No te asustes, Pluto, ya aprenderás a hacerte amigo de ellas. Te nombro mi ayudante en jefe —dijo Donalda, colocando al perro el casco y la máscara.

Después, dirigiéndose a Gansópolis, continuó:

—La industria de la miel no tiene ningún secreto... para trabajar, las abejas deben sentirse cómodas y alegres... y para estar alegres necesitan: ¡esto!

Donalda descorrió una cortina y detrás apareció un equipo formidable de música. Pluto dio un salto porque la música siempre lo hacía reaccionar.

—Gansópolis lo hará funcionar de mañana, yo de tarde y tú, Pluto, de noche —indicó Donalda.

La Abuela puso en marcha el equipo: tenía razón. En cuanto la música subió por el aire todas las obreras empezaron a mover activamente las patitas. Casi sin poder evitarlo, Pluto efectuó un montón de saltos.

—Tranquilízate, Pluto... tienes varias horas para andar por ahí, pero a las ocho en punto preséntate a tu puesto —lo calmó Gansópolis.

Y como un buen soldado, a las ocho en punto llegó Pluto para cuidar la música que cuidaría el trabajo de las abejas.

—Hasta mañana, Pluto —dijo Donalda, dándole una palmadita.

Cuando Pluto se quedó solo echó una mirada a las abejas que trabajaban acompañadas por la música... el aroma de la miel era realmente exquisito. Lo malo fue que el Hermano Oso, que andaba también por los alrededores, tuvo la misma impresión.

—Me parece que de lo de Donalda viene un olor a miel formidable... echaré una mirada —dijo el Hermano Oso.

Al ver la magnífica instalación de la

granja, lo que el Hermano Oso quiso fue, no echar una mirada, sino la zarpa para devorarse varios kilos de miel.

—¡Caramba! ¡Ahí lo veo al pesado de Pluto! Estoy seguro que no me dejará probar ni un poquito —se lamentó el visitante—. Pero ya sé... tengo en el botiquín de mi casa un hueso especial para perros guardianes, sobre todo porque yo le añadiré una dosis de narcótico.

Mientras Pluto seguía en su puesto de combate, al lado del equipo de música, con las orejas derechas como si le hubieran puesto almidón, el Hermano Oso se fue a su casa. Y con el apuro no advirtió que en vez de tomar el frasco de narcótico, empapó el hueso con otra botella que decía: "PARA ESTAR ALERTA".

Ya de vuelta a lo de Donalda, el Hermano Oso se acercó a Pluto y acariciándole la cabeza —pese a que Pluto lo miraba con cara de muy pocos amigos—, le dijo:

—Buen Pluto, excelente perrito guardián, mereces un premio por estar despierto toda la noche. Acá tienes este hueso.

Pluto olió el hueso, lo encontró apetitoso, y comenzó a mordisquearlo.

—Esta es la mía... ya se debe haber quedado dormido —pensó el Hermano Oso, abalanzándose sobre unos frascos colocados sobre unos estantes.

Y allí estaba el Hermano Oso, cuando el delicado sopor que los primeros mordiscos al hueso le habían causado a Pluto cesó y comenzó a hacerle efecto el remedio para estar alerta... Abrir los ojos, ver al Hermano Oso lleno de miel, gruñir, ladrar y arrojarse sobre el visitante fue todo uno. Pero el Hermano Oso, al querer calmar a Pluto, de un codazo hizo caer al suelo una caja repleta de abejas...

A gran velocidad salió el Hermano Oso

rumbo a una laguna, aunque las picaduras de las abejas lo siguieron hasta dentro del agua, acompañado de los ladridos indignados de Pluto. Al oir la baraúnda, Donalda y Gansópolis se levantaron y vieron a Pluto furioso en medio de una caja rota, tarros vacíos y para colmo, el equipo de música golpeado.

—Me temo que Pluto haya tenido una pesadilla... pero un perro guardián no debe quedarse dormido... y además ha detenido la música y el trabajo de las abejas —protestó la abuela Donalda.

Fue inútil que Pluto intentara dar unos ladriditos para suavizar las cosas: Donalda y Gansópolis estaban indignados.

—Pues ya que no podemos arreglar el equipo de música por un tiempo, nos dedicaremos a criar patos... y Pluto comenzará de inmediato a trabajar. Deberás llenar el estanque con baldes de agua que sacarás de la laguna —ordenó Donalda.

Al día siguiente, bien temprano, Pluto empezó a trabajar porque no quería que estuvieran enojados con él. Pensaba que no tardaría en llegar el día en que se descubriese que la culpa había sido del Hermano

13

Oso. En cambio, quien opinaba que Donalda había tenido una excelente idea al criar patos era el propio Hermano Oso, que desde atrás de un árbol, observaba las idas y vueltas de Pluto, con el balde en la boca.

—Esta es la mía... este estúpido perro tardará un siglo en llenar el estanque. Cuanto antes lo llene, antes echará los patos. No creo que mis picaduras me molesten tanto como para impedirme trabajar.

Con una sonrisa capaz de conmover a una pared, se acercó a Pluto:

—Lamento Pluto, perrito bueno, que te hayan retado por mi culpa, pero por lo

menos déjame que te ayude. Después de todo yo te metí en este lío.

Pluto pensó que el Hermano Oso tenía sinceros deseos de arrepentirse y le respondió con unos ladridos suaves. En pocos minutos y con gran energía, el estanque de los patos estuvo lleno. Al rato, los patos comenzaron a nadar. Entonces dijo el Hermano Oso:

—Esto hay que celebrarlo... ¿por qué no invitas a los Chanchitos para que vean esto? Estoy seguro que Donalda y Gansópolis son de la misma idea.

Pluto estuvo encantado y corrió hacia la casa de los Chanchitos.

—Pues ahora es la mía... Patitos, patitos, ¿cuál es el más tiernito? —bromeó el Hermano Oso, dispuesto a comerse media docena.

Pero Donalda pensó que había estado demasiado severa con Pluto y decidió ayudarlo; al acercarse, desde lejos, vio la enorme figura del Hermano Oso.

—¡Qué raro! Lo observaré un poco... este malandrín sólo trae malas intenciones —pensó Donalda. Y al aproximarse, le vio las picaduras de las abejas y las zarpas y los bigotes pegoteados de miel.

—Ahora comprendo... él ha sido el culpable del lío del galpón. He sido injusta con Pluto, pero seré justa con él... —reflexionó la Abuela. Y sin perder tiempo, conectó una manguera de incendio desde la laguna...

El Hermano Oso salió a todo correr empujado por el fuerte chorro de agua.

—Lo siento mucho, Hermano Oso, el almuerzo no te salió bien... pero otra vez será —exclamó Donalda, al verlo perderse en la lejanía. Claro que la lejanía para el Hermano Oso concluyó de inmediato, cuando vio que por un costado del camino regresaba Pluto con los Chanchitos.

Pluto, ladrando alegremente, perseguía las mariposas porque una fiesta es siempre una brillante idea.

—Pues esta fiesta no será completa sin mí... y por supuesto se han olvidado de invitarme. Iré encantado con alguno de mis amigotes —se dijo el Hermano Oso, yendo en busca de un compinche. Y así, cuando todos estaban reunidos en la granja, se presentaron muy cortésmente.

—Me alegro que hayas venido, Hermano Oso. Y te felicito por tu amigo —saludó Donalda, algo intranquila al verlos.

—Siéntate a mi lado, tendrás más lugar —dijo el Chanchito Práctico, corriéndose para situar al Hermano Oso bien cerca.

—Tienes razón, así los podremos vigilar —bromeó Gansópolis, que como los demás, estaba bastante intranquilo.

—Son muy amables con nosotros... les tenemos preparada una sorpresa para el final —exclamó el Hermano Oso.

Nadie quería que la fiesta llegara al final porque las bromas del Hermano Oso eran bastante pesadas. Mucho más se hubieran alarmado si hubiesen podido leer en los pensamientos de los dos amigotes que en ese momento se decían al oído:

—¿Te das cuenta qué tiernos están los Chanchitos? Me parece que un poco de laurel bastará... la salsa les quitaría ese rico gusto a cerdito gordo...

Había llegado el momento de los postres; Donalda le hizo una seña a Pluto que muy diligentemente, se encaminó a la cocina y regresó con una riquísima torta.

—He pensado que el cumpleaños de la granja se festeja en estos días y nada mejor que encender las velitas ahora —dijo Donalda.

Todos aplaudieron y la Abuela agregó:

—Hermano Oso, hazme el favor de encender las velas... Pluto, muéstrale dónde guardamos los fósforos. Unos fósforos especiales para estas ocasiones.

Pluto, con la cola bien parada, marchó en un breve trotecito hasta un cajón que estaba algo más lejos.

—Y tú también podrías ayudar a tu amigo —sugirió Gansópolis al compañero del Hermano Oso.

Los dos amigotes, entusiasmados, siguieron a Pluto.

—¡Qué fósforos más raros! —comentó el Hermano Oso tomando uno.

—Sí, ya te expliqué que son sólo para estas ocasiones —aclaró Donalda.

Lo único raro que tenía el cajón era que se trataba de un cajón de cañitas voladoras en vez de fósforos. En cuanto los amigotes encendieron las cañitas voladoras que habían tomado, se oyó un fuerte estampido y el Hermano Oso dejó caer la suya, encendida, en medio de las otras cañitas voladoras. Por el aire, lanzados hacia arriba, salieron los dos forajidos mientras todos aplaudían, incluso Pluto, que se había alejado prudentemente.

Con los pelos quemados y llenos de magulladuras, se alejaron las "visitas".

—Creo que por un tiempo nos libraremos de ellos... la lección ha sido bastante dura —comentó Donalda.

¡La sorpresa fue estupenda cuando regresó Gansópolis con una novedad! ¡El equipo sonoro funcionaba y todos podían bailar!

—Pues ahora bailaré con Pluto... le debo este vals —dijo alegre, Donalda.

Patilludo el generoso

AQUEL día se lo vio a Donald transformado en un paquete viviente: en efecto, por un lado parecía una antena, por el otro una especie de chasis de radio... de un bolsillo emergían tenazas, pinzas, clavos, mientras del otro salían alambres, lámparas y cinta aisladora.

—¡Chicos! Les he traído un equipo de transmisión; en cuanto les arme esta radio, podrán transmitir.

No tardó más que un ratito Donald en acomodar el aparato.

—¡Ya está! Y ahora los dejo porque Margarita me invitó a almorzar. Se quedarán ustedes con el tío Patilludo.

Desde la planta baja se oían los "snorr" de los ronquidos de Patilludo.

—Aún le falta un rato a Patilludo para bajar, no bien despierte oirá la radio, después almorzaremos y... —comenzó a decir Luisito.

—...Y nosotros llevaremos el equipo de radio al sótano. ¿No sería formidable empezar a transmitir? —dijo Huguito.

Dieguito, como una bala disparada por un fusil electrónico, salió corriendo escaleras arriba. "Toc, toc", golpeó a la puerta de Patilludo y asomó la cabeza.

—¿Eres tú, Dieguito? Entra nomás —dijo Patilludo, al ver al muchachito.

—Vengo a desearte buenos días, tío Patilludo. ¿Quieres que te prenda la radio? —ofreció Dieguito.

—Esta radio es extraordinaria, la encontré tirada en un terreno baldío y yo mismo la arreglé. Aunque el modelo es de 1924 funciona muy bien —explicó satisfecho Patilludo.

Después de unos cuantos ruidos como si mil millones de moscas estuvieran

zumbando, se oyó la voz de Luisito que transmitía desde el sótano: "Transmite LRVSA Radio Liberal: hoy no hace ni frío ni calor, señor, no lave su camiseta. Señora, no fría la carne en aceite, ¿ha pensado usted que la carne está cansada de estar siempre frita? Señor, y si se llama Patilludo mejor, le comunicamos que el gobierno utilizará el dinero de la gente millonaria: le será permitido quedarse sólo con $ 100 para comprarse el chicle del mes".

Al principio, el rostro de Patilludo sólo

denotaba satisfacción, pero al escuchar la última noticia, apagó la radio y de un salto, con galera y camisón, gritó:

—¡Chicos! ¡Luisito! ¡Huguito! ¡Ha ocurrido algo catastrófico! ¿Dónde están?

Al oír la voz de Patilludo, los chicos abandonaron el sótano y corrieron a verlo.

—¡Estoy arruinado! ¡Ayúdenme rápidamente a esconder mi dinero! A ver, tú, Dieguito, coloca $ 10.000.000 en la chimenea... no, mejor haz un pozo en el jardín y... no, Luisito, mételos en la bañadera y corre la cortina de material plástico... —vociferaba Patilludo.

—Patilludo, creo que lo mejor que puedes hacer es regalar este dinero antes de que te lo quite el gobierno. ¿Cuánto tiempo te parece que tardarán los Inspectores en hallar lo que has ocultado? —preguntó Huguito.

—Es verdad, y podrías hacer feliz a un montón de gente —afirmó Luisito.

Patilludo se sacó la galera, se rascó la pelada, se colocó de nuevo la galera y con voz grave dijo:

—¡Alcánzame mis pantalones! He tomado una decisión... donaré parte de mi fortuna... justamente en ese dedal tengo varias moneditas de cinco... son tuyas, Huguito.

Huguito tomó el dedal y añadió:

—Patilludo, reflexiona, ¿podrías ser feliz, huyendo y escondiéndote? ¿No podrías con tu dinero, antes de que te lo quite el gobierno, hacer feliz a mucha gente y sentirte tú dichoso al mismo tiempo?

Patilludo se enjugó una lágrima que se le escapaba por el ojo derecho —tal vez era un poco del olor a cebolla que subía de la cocina del vecino de al lado—, y dijo:

—Chicos, me han convencido. Empezaré por hacerlos felices a ustedes. ¡Los ínvito al Parque de Diversiones!

Justo en la esquina pasaba el ómnibus para el Parque de Diversiones y Patilludo no sólo sacó cuatro boletos sino que también invitó a una señora que llevaba de paseo a sus siete hijitos.

—Total, tengo que apurarme en gastar todo —suspiró Patilludo.

El Parque de Diversiones brillaba como una torta de cumpleaños cuando la barra desembarcó. La primera excursión no se detuvo hasta llegar al "Martillo twisteador".

—¿Se puede saber en qué consiste este endemoniado jueguito? —averiguó Patilludo.

Pero como no tenía paciencia para oír la explicación del hombre que anunciaba el entretenimiento, de un salto se ubicó al lado de los chicos que ya estaban acomodados en el Martillo. Y bueno: de inmediato, averiguó Patilludo en qué consistía "el jueguito", porque éste empezó a martillar con fuerza como una hamaca cuando va con mucho impulso, pero como si esto fuera poco, se quedaba un momento en el aire y allí daba un montón de saltos que hacían juntar en un instante la lengua con los talones.

—¿Eh?... ¿Falta mucho para esto? —preguntó más con gestos que con palabras Patilludo.

Los chicos no le respondieron porque ya le gritaban a Patilludo:

—¡Saca pronto los boletos del "Tren enloquecido"! ¡Te esperamos!

Esta vez, Patilludo prefirió frenar su impaciencia y ver, desde la plataforma, cómo Huguito, Dieguito y Luisito salían en un trencito minúsculo y daban cien vueltas al compás de "Sobre las olas", mientras la chimenea echaba un humo negro que les tiñó la cara como deshollinadores. Y por rara coincidencia, el más teñido de todos era el millonario que había recibido un enorme chorro de humo y hollín mientras miraba a los sobrinos.

Por primera vez tuvieron que lavarse la cara los chicos sin protestar e incluso el mismo Patilludo los refregó con piedra pómez y jabón. Pero no querían perder tiempo: aún les quedaba mucho por hacer —o sea dinero para gastar— en el Parque de Diversiones.

Como Huguito quería ir a los "Autitos chocadores" y Dieguito a la "Luciérnaga tartamuda" y Luisito a la "Tortuga mareada", Patilludo decidió invitarlos al "Elefante veloz". El mismo, entusiasmado, se montó sobre el elefante, que giraba como una formidable calesita. Y después, todos de acuerdo, se treparon a la "Cale-

sita fantasma" y se introdujeron en el corredor central de "El castillo borracho". Y allí estaban riéndose cuando pasó Margarita del brazo de Clarabelle.

—Margarita, he pensado que no te regalé nada para tus cumpleaños ni para Navidad y Año Nuevo —dijo Patilludo.

Margarita y Clarabelle se miraron sorprendidas; acababan de despedirse de Donald y éste no les había dicho que su tío se había vuelto loco.

—Y a ti, Clarabelle, tampoco te he regalado nada cuando cocinaste la torta más grande del barrio. Vamos todos a comprar regalos —añadió el millonario.

—Será mejor que no lo hagamos rabiar, contradecirle puede resultarle perjudicial —dijeron las chicas.

Diez minutos después llegaron a la zona de los negocios y Patilludo —que había llevado su libreta de cheques por si el dinero que guardaba en el fondo de su galera o en su billetera no alcanzaba—, le compró a Margarita un par de botas rojas y otras verdes, para usarlas con polleras verdes o rojas; y un saco de invierno y otro para la nieve y otro para el sol y una malla y una gorra en forma de pétalo y...

Patilludo le obsequió de inmediato a Clarabelle con guantes de seda y guantes de box y guantes para jardín. Y sombreros de fiesta. Y perfumes de flores. Y macetas para geranios, primorosas, que si se les daba un poco de cuerda hacían oír música. Y por supuesto, un vestido hermosísimo

para ir al teatro. Y... Estaban así las dos muchachas y los tres chicos llenos de paquetes, casi podría decirse sepultados debajo de tanto moño y tanto papel de seda y papel de colores, cuando se acercó Donald, que al encontrar su casa vacía, pensó que hallaría a su gente por el centro. No se equivocó.

—¡Donald! ¡Mi sobrino preferido! ¡Tengo esto para ti! —lo saludó Patilludo.

Y le arrojó encima una magnífica caña de pescar de alma de acero y luego botas para el agua y un sombrero para preservarse del viento. Y por supuesto una raqueta de tenis. Y qué decir que ya tenía encima una pelota de rugby y un casco de explorador y un par de patines y...

—¡Pero, tío Patilludo! ¡Esto es un sueño! —articuló apenas, Donald.

—Nunca me ha parecido mejor idea que gastar el dinero y hacer feliz a la gente que me rodea —gritó Patilludo, arrojando un montón de monedas por encima de su cabeza, como si fueran serpentinas. Y al ver que unos niños pobres se aproximaban, hizo lo mismo con un manojo de billetes que encontró en sus bolsillos.

—Pues para que sepan, ¡los invito a casa! ¡Durante un mes, almuerzo y cena gratis para todos! —exclamó el millonario, feliz como un corcho de una botella de champán.

Lo primero que hallaron en lo de Patilludo fue un aparatito raro.

—Esto es un "chequéforo"... un aparatito que inventé para escribir los cheques más rápidamente —exhibió Patilludo.

—Ya que no te cansa firmar, haz una donación para el club "Pobrecitos Niños Admiradores del Circo", que he fundado yo —dijo Luisito—. Iré con todos los chicos del barrio.

—Por supuesto, aquí está —dijo el millonario, poniendo en funcionamiento su "chequéforo" Y añadió: —La cena de hoy será memorable. Yo mismo iré al sótano para buscar el champán bien helado. Y estoy seguro que hallaré además frutillas con crema y helado de melón y sandía para refrescos y naranjada, y...

Patilludo bajó al sótano y encontró, no sólo las botellas que buscaba, sino un misterioso equipo de radio.

—¡Caramba! ¿Y este equipo? ¡Y parece que está conectado con mi radio! —exclamó al observar un alambre que se comunicaba directamente con su dormitorio.

Y allí, en un papel arrugado, alcanzó a leer, antes de desmayarse: "Transmite LRVSA Radio Liberal. Señor, y si se llama Patilludo mejor..."

Como tardaba en subir, dijo Dieguito:

—¿Vamos a buscar a Patilludo? ¡A lo mejor pesan mucho las frutillas!

—¿Es cierto... es cierto que no se trata más que de una broma? —articuló Patilludo cuando los chicos lo subieron al comedor.

—Sí... fue una bromita sin importancia... —dijeron los chicos.

—¿Una brom... una bromita sin importancia? Estoy arruinado... acabo de firmar mi último cheque... ¿quién me dará una limosnita? —sollozó Patilludo.

Los chicos parecían realmente preocupados: el asunto había ido demasiado lejos y nunca pensaron que Patilludo llegaría a tal extremo de generosidad.

—La cosa no quedará así, tío Patilludo. Todo lo que hemos recibido de ti, de un modo o de otro, te lo devolveremos. Por lo pronto vivirás en mi casa todo el tiempo que quieras... —dijo Donald, conmovido.

Cada uno ofreció algo: desde lechuga hasta rabanitos, desde trajes a botones, desde cine a caramelos para masticar en la oscuridad: todos deseaban ayudarlo.

Cuando estaban iniciando una colecta, sonó el timbre. Era el cartero con un telegrama.

—Lee, Patilludo... tus noticias son las nuestras —dijo Donald, dulcemente.

Patilludo se caló los anteojos —que le había donado su abuelo en el testamento—, y leyó: "Señor Patilludo: El Procurador del Tesoro tiene el agrado de comunicarle que el Gobierno lo mantendrá gratis durante veinte años, porque es la persona que más limosna ha dado".

¡Qué contentos estaban todos! ¡No hacían más que abrazarse entusiasmados!

—Un momento —dijo Patilludo, secándose las lágrimas de felicidad—, tengo algo inmediato que hacer.

Y ahí nomás, delante de todos, con el zapato derecho, les dio una reverenda paliza en la nalga izquierda a Dieguito, Luisito y Huguito.

El lobo quiere ser bueno

AQUELLA mañana... bueno, ¡ocurría algo increíble! ¡El Lobo Feroz estaba leyendo un libro!

—Acá dice que los padres deben acercarse a sus hijos... y yo nunca he hecho eso con el Lobito. Más bien he tratado de imponerle que sea tan malo como yo, pero el Lobito nunca hará fechorías.

El Lobo se quedó soñadoramente mirando hacia el techo, porque leer le producía increíbles efectos. Prosiguió:

—El Lobito nunca será un pícaro como yo, le haré caso al libro, de hoy en adelante me transformaré en un Lobo Feroz bueno, así me pareceré a mi hijo.

Otra vez fijó Zeke su mirada en el techo y en lugar de los pavos asados que su imaginación le hacía ver, se conformó con una triste sopa de verduritas. Por suerte, fue interrumpido en sus flacos pensamientos por la voz del Chanchito Práctico, que pasaba por la carretera.

—¡Hola, Chanchito Práctico! Llevas una carretilla, ¿verdad?

—Hola, Lobo Feroz... sí, una carretilla, como de costumbre cuando trabajo.

El Lobo tuvo una idea de inmediato: Chanchito Práctico significaba trabajo. Trabajo significaba nueva vida. Nueva vida significada portarse como Lobito.

—¿Estás trabajando? ¿No quieres que te ayude?

El Chanchito Práctico aceleró el paso: Si el Lobo le ofrecía ayuda significaba que dentro de muy poco intentaría convertirlo en un sabroso pastel... ya lo conocía.

—Este... claro, sí... acepto tu ayuda... te espero en mi cabaña, donde estoy arreglando el techo.

—Me encanta ser bueno —dijo Zeke,

saliendo a todo correr hacia lo del Chanchito.

Pero el Chanchito Práctico corría mucho más.

—Rápido, chicos... Zeke viene para acá, pero lo recibiremos bien. Doblen ese árbol y llénenlo de ladrillos.

Los Chanchitos en pocos minutos colocaron en la copa de un árbol un montón de ladrillos y luego, con una cuerda, doblaron la copa y dejaron la soga cerca del suelo, por donde debería pasar el Lobo. Ya se oía por el camino el "tarararí" del satisfecho Zeke.

—¡Pepinitos! Una soga en medio del camino. ¡Cualquiera puede enredarse y pegarse un golpe! ¡La cortaré!

El Lobo, mientras los Chanchitos observaban todo, ocultos detrás de la cabaña, cortó con un cuchillo la soga... y una formidable lluvia de ladrillos le planchó la

galera, claro que al mismo tiempo, le llenó de chichones là cabeza. Rengueando, Zeke regresó a su casa y al llegar a la esquina de lo de las ardillas Pi y Olín, las encontró almacenando sus provisiones de invierno.

—¡Hola! ¿Con que preparándose para el invierno? —saludó Zeke.

—Hola... sí... este... eso mismo Lobo Feroz. ¿Cómo estás?

Pi y Olín comenzaron a temblar porque las proximidades del Lobo nunca eran demasiado tranquilizadoras. Pero con una sonrisa, Zeke prosiguió:

—Chicas, tengo una idea. Si quieren yo les puedo colocar unos estantes bien altos así nadie tendrá la posibilidad de adueñarse de esas ricas nueces, ¿no? Porque andan muchos merodeadores por acá.

Pi y Olín se miraron: el Lobo quería jugarles una de sus malas pasadas y lo anunciaba. Primero se hacía el amiguito y en cuanto ellas se descuidaban ¡zas! Pero ya lo arreglarían. ¡Para algo eran antiguos conocidos!

—Mira, Zeke, vamos a buscar al galpón unas maderas y clavos. Quédate justito donde estás.

Pi y Olín, en efecto, fueron al galpón, mientras Zeke angélicamente se preparaba para iniciar su labor.

—¿Podrías correrte hacia la derecha? Estas tablas son muy largas y no queremos golpearte —dijo Pi.

—Estás muy bien... no, un poquito hacia la izquierda —corrigió Olín.

Zeke fue hacia la derecha y luego hacia la izquierda. ¡Realmente las ardillitas eran encantadoras! Claro que como estaba de espaldas a ellas no advirtió que con una tabla larga empujaban un avispero que había justo encima de su cabeza y...

—¡AAAyyyyyyy! —gritó el Lobo, echando a correr. Y rodeado de avispas, siguió gritando hasta que, en el medio del arroyo, se libró de las picaduras. ¡Pobre Lobo! ¡Casi no quedaba ninguna parte de él que no pareciera una empanada, tantas habían sido las picaduras de las avispas!

Y así estaba, refrescándose, cuando vio en la orilla al Conejo Rabito, que procuraba ahuecar un tronco.

—¿Qué harás con ese tronco, Rabito?

—Pues... este... una canoa para navegar. No es nada fácil —respondió Rabito, nada tranquilo por los buenos modales del Lobo.

—Si me permites yo te ayudaré. Entre dos es mucho más fácil —ofreció Zeke.

—Sí, entre dos es más fácil que yo me distraiga y tú me comas —pensó para sus adentros Rabito. Y en voz alta dijo:
—Bueno, córrete un poco hacia el árbol verde... estarás más reparado.

Pero junto al árbol verde —cosa que ignoraba el Lobo— estaba el principio de una serie de rápidos. Y fue llegar allí y empezar a rodar de uno a otro, hasta que lo último que se vio del Lobo Feroz fue su galera de felpa que se hundió a lo lejos, en el río...

—Sí, te agradezco mucho tu ayuda... sobre todo después que te saques toda el agua que has tragado —se rio Rabito, que prosiguió muy tranquilo con su trabajo.

Mientras tanto, en la cabaña del bosque, el Lobito había encontrado el libro que leía su papá.

—¡Oh! ¡Este libro es maravilloso! ¡Acá hay un gran consejo para los hijos! "Los niños deben cooperar con sus padres para que la vida en el hogar sea más grata".

El Lobito pensó de inmediato que, en realidad, él se pasaba el día diciéndole a su papá que debía ser bueno.

—Así nadie es feliz en el hogar, si papá no puede ser bueno, yo tendría que procurar ser malo, entonces seríamos muy parecidos. ¡De hoy en adelante seré el Lobito más malo del mundo! —juró el Lobito.

Y de inmediato, empezó a mirarse en el espejo en su Primera Ejercitación Para Ser un Horroroso Lobito. Así estaba, cuando oyó la voz de Mickey:

—¡Hola, Lobito! Vengo a pedirte un favor. ¿Podrías cuidarme el auto? Voy a visitar a Minnie, y hay muchos ladrones por la zona.

—¡Por supuesto, Mickey! ¡Anda tran-

quilo! ¡Yo me encargo de todo! —prometió el Lobito, mientras Mickey se alejaba.

El Lobito se restregó las manos. No tendría que esperar mucho para ser malo, ahora mismo podría empezar.

—Le robaré el auto a Mickey, es la gran oportunidad. Y para comenzar le pincharé las gomas: así si viene antes, no podrá llevárselo.

El Lobito, con un alambre, agujereó los neumáticos. ¡Puuum! El estallido resonó por todos lados como un tiro. Y desde atrás de una construcción, salieron Gorila Rubio (alias) Escalera, y Melenita (alias) Rastrillo, con los brazos en alto.

—Lobito, no dispares más, nos entregamos... Pensábamos robarle el auto a Mickey, pero tú nos has descubierto. Estamos arrepentidos.

En ese momento, Mickey regresó.

—Bravo Lobito, te felicito, has salvado mi auto... y creo que el susto que se han dado estos muchachos les durará por un buen rato.

Mickey se alejó y el Lobito se sentó en el umbral de su casa a pensar. No entendía nada y además, estaba dispuesto a ser lo más malo posible en cuanto pudiera. Justamente, allí llegaba Patilludo.

—¿Qué tal, Lobito? Me vienes muy bien.

—¿Para qué, Patilludo? ¿Y qué llevas debajo del brazo?

—Pues justamente de eso se trata: necesito que me guardes en la caja fuerte de tu padre esta bolsa de oro. No quiero llevarla conmigo, pues voy a hacer una serie de trámites.

—Ésta es la mía —pensó para sí el Lobito—, la haré desaparecer tal cual como procedería mi Papá.

El Lobito se despidió de Patilludo, que prometió regresar después, mientras aferraba la bolsa de oro. En eso se acercaron unos muchachitos muy pobres con cara de no haber comido en varios días.

—¡Qué lástima me dan estos chicos! ¡Si pudiera darles algo de dinero! —exclamó el Lobito.

Los chicos se aproximaron un poco más. El Lobito se decidió:

—Bueno, les daré limosna, total seguro que quedará un montón para mí... en todo caso, robaré algo menos.

El Lobito les dio un montón de monedas a los niños pobres. Luego reflexionó:

—Creo que ese pequeño tiene aún las manos vacías... le daré más.

Y así, un poco a uno, un poco a otro, a los cinco minutos había vaciado la bolsa de Patilludo, justo cuando éste regresaba de sus quehaceres. Al ver a Lobito rodeado de los chicos que le sonreían agradecidos, exclamó el millonario:

—Me has dado una gran lección, Lobito... comprendo que soy un viejo amarrete, pero me enmendaré... Realmente eres muy bueno.

Y enjugándose unos lagrimones, Patilludo se alejó mientras el Lobito se quedaba bastante perplejo.

—¡Pepinitos! Me parece que ser malo es muy difícil. ¿Cómo hará Papá para ser malo con tanta facilidad? Tendré que ir a leer el Decálogo del Perfecto Malo... pero acá está Dippy.

—¡Lobito! ¡Por suerte te encuentro! ¡No doy más!

—¿No das más de qué, Dippy? —preguntó el Lobito, al ver a su amigo cargando una gran valija.

—Pues sabrás que me voy a dar una vuelta al mundo y acá tengo las provisiones... cuídamelas mientras voy a poner en orden mis papeles en el Consulado.

Dippy, aliviado de su peso, se alejó hacia el Consulado.

—Me parece que mi Papá se robaría esta valija en un instante —pensó Lobito. Y luego agregó: —Claro que Dippy con esto no dará la vuelta al mundo, es muy poco... todo lo más, le alcanzará para dar la vuelta al bosque, siempre que no coma mucho. Ya sé... le aumentaré un poco las provisiones, total, después me las agarro todas para mí...

De un periquete, el Lobito se fue a la cocina y le añadió a la valija de su amigo todo lo que halló. Y en eso estaba, cuando la cara sonriente de Dippy se asomó por una ventana de la cocina.

—Listo... todo en orden... ¡Oh! ¡Pero me has duplicado las provisiones! ¡Ahora sí que mi viaje será perfecto! —gritó Dippy, abrazando al Lobito—. Y ya te dejo porque cuando uno da la vuelta al mundo, debe empezar en seguida.

El Lobito despidió a Dippy con su gran pañuelo a cuadros y se quedó bastante tiempo saludándolo, mientras pensaba:

—La verdad es que me cuesta muchísimo ser malo. No sé cómo Papá logra hacerlo. Creo que voy a seguir igual que antes... y por las dudas de que llegue Papá, le sorprenderé con una riquísima sopita de verduras.

¡Parecería que Lobito tenía un radar! Porque justo en ese instante se abrió la puerta y apareció Zeke, magullado, mojado, cansado e indignado.

—Hijo, no sé cómo haces para ser bueno. A mí me va mucho mejor cuando soy malo. Seguiré como antes... y de tantos golpes me duelen todos los huesos.

—¡Pobre Papá! —exclamó el Lobito—. ¿Me permites que te dé una frieguita? Has andado algo distraído y creo que te han picado unas hormigas... ¿Y esos chichones?

El Lobo se sentó a la mesa, sin responder.

—Bueno, menos preguntas, hoy no podría comer sino tu endemoniada sopa de verduras...

"Toc toc" resonó la puerta. El Lobito se apresuró a abrir. ¡Le encantaban las visitas! ¡Eran el Chanchito Práctico, Pi y Olín y el Conejo Rabito!

—¿Cómo estás, Lobito? Pasamos por aquí y quisimos saludar a tu papá... y de paso traemos un pavo listo para comer. ¿Nos sentamos a la mesa?

El Lobito sonrió muy feliz.

—¡Qué pena! Pasen nomás... pero justamente hoy mi Papá ha trabajado mucho y no tiene ganas de comer sino sopa... pero nosotros podemos comer el pavo...

Todos se ubicaron en torno al apetitoso aroma del pavito y cada uno eligió un trozo bien grande. El único que no eligió nada fue Zeke, que estaba muy ocupado en repetir:

—¡Bah! ¡Doble bah! ¡Triple bah!

Héroes del espacio

DONALD miró por la ventana y respiró.

—El que inventó el campo merece un monumento —dijo. Y añadió: —Hoy es un gran día para almorzar afuera.

Dicho y hecho: en cinco minutos, Donald se vistió y fue en busca de Margarita. Desde afuera, se oía una voz que contaba, con tono de vals: "Un dós tres, un dós tres..."

—¡Hola, Margarita! ¿Estás bailando para no hacer mala pareja conmigo cuando te invite? —bromeó el Pato.

—Nada de eso... un poco de gimnasia para una cura de belleza que inicio hoy. Muy bien podrías invitarme. ¡Mira que ágil estoy! —gritó Margarita, en cuanto entró Donald.

Con gran asombro Donald vio cómo Margarita se tiraba al suelo, rodaba por toda la sala, corría en pos de una pelota imaginaria, saltaba por un cerco que no existía.

—Jua jua jua —se rió el Pato, arrojándose sobre un sillón—. Tu cura de belleza es la más incómoda que he visto en la vida. ¿Qué te parece si dejas todo esto y nos vamos a almorzar al campo?

Margarita cesó de rodar, de saltar y de rebotar, y respondió en seguida:

—La idea es muy buena, vamos, siempre por supuesto que comamos con abundantes vitaminas. Las necesito para mi cura de belleza.

Donald dijo que sí —era lo más rápido—, mientras Margarita se apuraba para encontrar su sombrero de campo, su traje de campo y su canasta de campo. Una hora después bajaban del tren que los condujo al campo de Perejil Tupido.

—Esto sí que es vida —dijo el Pato, echándose sobre el pasto—. ¡De acá no me mueve nadie!

—Pues estás equivocado. Un caballero debe ante todo ser cortés con su dama... y yo necesito vitaminas.

—Pues yo no las necesito. ¡Mira cómo salto este alambrado! —gritó Donald, que de un solo brinco fue a parar a la quintita de al lado, llena de acelgas.

Margarita sonrió angelicalmente. ¡Donald era un amor! ¡Cómo se preocupaba por su dieta vitaminizada! Claro que el que no opinaba lo mismo era Dogarrón, el enorme perro que cuidaba la quinta.

Con el primer ladrido Donald soltó una acelga, con el segundo tres acelgas y con el tercero el resto, porque en ese momento el Pato empezó a correr a toda velocidad, mientras Dogarrón le mordía los talones... lo malo fue que por correr, Donald no vio una soguita insignificante que había allí y el salto que pegó fue tan gran-

de que no sólo aterrizó sino que acuatizó en el medio de un charco.

—¿Dónde estoy? —preguntó Donald, que de tantos chichones no recordaba nada.

—Pues en el campo, haciendo una cura de salud —respondió Margarita, algo preocupada por el color verde del Pato.

—Dame una mano, Margarita, no puedo más, estos días saludables me matan —se quejó Donald.

Por suerte, allí nomás encontró Margarita una carretilla.

—¿Te molestaría mucho subirte a la carretilla? Llegaremos a la estación en cinco minutos —aseguró Margarita.

Y así fue, sólo que al subir al tren, Donald juraba bajito:

—Jamás en la vida pasaré otro día en el campo... y menos para ayudar a nadie a conseguir vitaminas.

Al día siguiente, a las siete de la mañana, sonó el teléfono. Era Margarita que deseaba averiguar por la salud de Donald. La voz del Pato reflejaba cierta estudiada frialdad porque la noche anterior había pensado que Margarita debía recibir una lección. "Me las pagará. Ella se cree más fuerte que yo. Le diré algún cuento increí-ble para que me respete". Por eso Donald contestó:

—Hace rato que estoy levantado, Margarita. Por otra parte, ya he recibido varios llamados: entre otros el del Director del Instituto del Cosmos Atómico.

—El Director del Instituto ¿qué? —articuló Margarita.

—Sí, porque sabrás que me estoy preparando para ser astronauta... sí, un vuelo interespacial. Y ahora te dejo porque debo seguir con mi entrenamiento.

Clic, cortó el teléfono. Clic-clic-clic comenzó a latir fuertemente el corazón de Margarita. ¡Pero Donald era realmente formidable! ¡Tenía que comentar esto con sus amigas! A las ocho y cinco llamó a Minnie y la enteró del notición. A las ocho y diez habló con Clarabelle. A las ocho y quince se comunicó con su vecina. Y por supuesto, Minnie con Mickey, y Mickey con Patilludo, y Patilludo con... Y Clarabelle con Dippy y Dippy con ...

Sin perder tiempo y radiante por la empresa de Donald, Margarita pensó:

—También tengo que dar la noticia a los diarios... Esto no puede pasar en silencio.

Por eso que cuando a las diez de la mañana, una multitud rodeaba la casa del Pato y el Director de "El Mosquito Sagaz" llegó en persona a felicitar al futuro astronauta, Donald tuvo que pellizcarse para saber si estaba dormido o despierto.

—¡Pepinos! ¡Nunca supuse que mi broma tendría tanta importancia! —se dijo Donald, mientras ponía cara de héroe.

—Ahora que usted está comprometido ante la opinión pública, debe fijar una fecha para el lanzamiento del cohete "El Estrellado" —exclamó el Director del Instituto del Cosmos Atómico.

—Pues... pues... este... —Donald intentaba ganar tiempo y recuperar su voz, que se le había perdido en alguna parte de su garganta.

—El 5 será el gran día, querido —gritó Margarita, que se había acercado a Donald—. Justo ese día la modista me entregará mi vestido nuevo y lo podré estrenar.

Cuando la multitud se dispersó, Donald entró en su casa y se sentó, atribulado, en el sillón. ¡La cosa había ido demasiado lejos! ¡Él era muy joven para terminar así una vida tan alegre! Con su pañuelo, se secó algunas lágrimas.

Tampoco Margarita estaba contenta.

—Pobre Donald, es tan valiente que es capaz de cualquier cosa, pero yo no permitiré que arriesgue su vida. Tengo un plan, él quedará como un héroe, pero el vuelo no se realizará —comentó Margarita.

Y aquella tarde, mientras Donald ultimaba los detalles del vuelo, Margarita, en la pista de lanzamiento, logró colarse en el interior del cohete, que estaba sin vigilancia.

—Estoy segura que en cuanto destroce algún aparatito, Donald no va a tener que viajar —comentaba Margarita, hurgando en el tablero de comando. Claro que, preocupada por salvar a Donald no advirtió que había oprimido un botón y ¡zuummm!, el cohete "El Estrellado" partió...

—¿Y ese ruido? —preguntó Donald, que charlaba con el Director.

—Pues veamos...

En la pista de lanzamiento, todos observaban para arriba: un punto chiquito señalaba la ubicación del cohete.

—¡La hazaña de Margarita es formidable! ¡Y sin ninguna preparación! —gritó el Director—. ¡Tengo que avisarle a los periodistas!

Una multitud se apiñaba ya en el campo de vuelo, observando el trayecto del cohete, ajenos todos a la idea de que Margarita ignoraba por completo que tantas miradas se centraban en ella, pues aún se creía en tierra.

—¡Pobre Margarita! ¡Debe sentirse muy sola! ¡La alcanzaré en el aire ahora que nadie vigila este otro cohete! —pensó Donald, introduciéndose en una enorme nave interespacial que se hallaba allí.

Sus últimas palabras fueron, al oprimir el arranque: "Margarita, lo hago por ti".

Sin embargo, el cohete empezó a dar vueltas como una calesita.

—¿Quién se ha metido en la imitación de "El Estrellado" que hicimos para el Parque de Diversiones? ¡Sólo alguien que desea distraernos y restarle así méritos a la hazaña magnífica de Margarita! ¡Qué lo detengan! —gritó el Director.

Cuando Donald logró salir, mareado, del interior del cohete, dos gendarmes lo llevaron al calabozo del Instituto. Mientras tanto, del aire bajaba con una elegante estela de humo "El Estrellado", luego de cumplir su trayectoria prevista.

—¡Bravo, viva, Margarita, la gran astronauta! —gritaban todos, aplaudiendo a rabiar. Los fotógrafos sacaban fotos, los noticieros filmaban para los informativos de la T.V.

Margarita, ignorante de todo, supuso que esa gente esperaba la partida de Donald.

28

—¿Dónde está Donald? —preguntó.

—Preso por molestar —respondió el Director.

—Pues, lléveme con él... ya no necesita de ningún pretexto... debo explicarle algo —rogó Margarita, ignorante de ser la Heroína Nacional Número Uno.

—De ninguna manera, si usted lo desea, Donald saldrá. libre de inmediato —prometió el Director.

Despeinado, fatigado, regresó Donald junto a Margarita. Ésta, en un aparte, logró explicarle:

—Querido, no te preocupes, estoy segura que nadie te pedirá que vayas en ese estúpido vuelo. Yo arreglé todo.

Pero Donald, furioso, respondió:

—Me has abochornado delante de todos y no te perdonaré.

Margarita le tomó de la mano. Debía tratarse de un error.

—Pero, ven conmigo a "El Estrellado". Te explicaré lo que sucedió —insistió Margarita.

Discutiendo y peleando los dos llegaron otra vez hasta el campo de lanzamiento y. Donald se introdujo en el cohete. Margarita, desde abajo, explicó:

—Todo fue sin advertirlo... Yo...

Donald, furioso, la interrumpió:

—¿Me vas a hacer creer que todo fue casualidad? ¿Que con sólo apretar este botoncito arrancaste para uno de los vuelos más importantes de la historia?

Claro que al decir esto, Donald apretó el arranque y ¡zuuuummm!, otra vez partió el cohete, mientras todos comentaban:

—¡Es formidable! ¡Donald ni siquiera esperó a que el cohete estuviera en buen estado! ¡Sin embargo, todo irá bien! ¡Para algo es Donald!

Cuando una hora después, en medio de una increíble multitud, Donald descendió entre. vítores y aplausos, Margarita se acercó a saludarlo con un ramo de flores.

—Margarita, júrame que nunca más tocarás nada y menos que iniciarás un método de vitaminización —dijo Donald, como si en vez de ser el Héroe Astronauta Número Uno fuera el Donald de siempre.

Y entre los altoparlantes que transmitían música y el abrazo del Director del Instituto, los periodistas y las transmisiones de Televisión, respondió Margarita:

—Te lo prometo, siempre que tú me jures que nunca más arrancarás acelgas, te caerás en charcos, te montarás en cohetes, etc.

Donald prometió con la cabeza, porque de cansancio, no podía pronunciar ni siquiera la palabra FIN.

Dippy comerciante

En la esquina céntrica, Dippy parecía muy ocupado cuando llegó Mickey.

—¿Has perdido algo, Dippy? —averiguó Mickey al ver que éste miraba atentamente al suelo.

—¡Cállate... no me interrumpas... 456748... 456749... 456750... ya está!

Era sin duda una suerte que tarea tan importante se hubiera cumplido con éxito, porque Dippy comenzó a silbar y a hacer unos pasitos por el aire nada habituales.

—Te explicaré, Mickey. Estoy cansado de no tener más que agujeros en los bolsillos. He decidido dedicarme al comercio... haré grandes ventas.

—¿Qué venderás? ¿Grúas? ¿Camiones? —preguntó Mickey, interesadísimo.

—No, grandes ventas de cosas chicas. ¿Has reflexionado alguna vez que los habitantes de esta ciudad usan todos zapatos, uno por cada pie, como verifiqué con mi cálculo?

—¡Ah! Comprendo, venderás zapatos. Es una buena idea —respondió Mickey.

—No, nada de eso, yo venderé cordones para zapatos. ¿Qué es un zapato sin cordón? Nada. Andarían perdidos por todos lados. Los señores elegantes tirados debajo de los muebles averiguando por su zapato izquierdo o su zapato dere...

Pero la explicación de Dippy se interrumpió en el aire, porque ya volaba hacia un negocio donde se leía: "CORDONES PARA ZAPATOS". Mickey tuvo que apurarse para no perderlo de vista y así y todo, casi no logró verle más que la punta de los talones al penetrar en el local.

—Deseo comprar toda la producción de cordones —dijo Dippy al dueño.

—Muy bien, perfecto... ¿se la envuelvo o envía a alguien a retirarla? —inquirió el comerciante.

—Este... lo pensaré —dijo Dippy, mientras sacaba de su bolsillo unos billetes.

En ese momento, varios clientes solicitaron distintas mercaderías y Dippy se acercó a una caja de cordones.

—Sabes, Mickey... creo que es una idea eso de envolverlos. Es lo más fácil.

Con gran cuidado Dippy se envolvió el brazo izquierdo con los cordones y luego hizo lo mismo con la pierna izquierda.

—De paso, haré la propaganda para el producto. ¿Me ayudas a envolverme el brazo derecho?

Mickey tomó un montón de cordones y se los dispuso a su amigo alrededor del brazo derecho, mientras Dippy, con la mano izquierda se anudaba unos metros alrededor del cuello.

—Pareces un salame, ten cuidado al moverte —le previno Mickey.

Claro que no estaba previsto que una señora muy bien vestida iba a entrar en el negocio y que su perrito se escaparía, confundiéndolo a Dippy con un árbol. Dio unas vueltas alrededor de Dippy a toda velocidad justo cuando un pequeño gatito rondaba por ahí. Entre maullidos y ladridos, Dippy empezó a girar como un trompo, imposibilitado en sus movimientos por los cordones que, a todo esto, se habían anudado y ya de Dippy no se distinguía dónde quedaba la mano ni la oreja.

—¡Sálvame, Mickey! ¿Me puedes decir si es de noche? —gritó Dippy, convertido en momia egipcia y ciego por los cordones que le envolvían los ojos.

La gente se alborotó alrededor de Dippy e indignado el dueño del negocio ordenó:

—¡Váyanse inmediatamente de aquí! ¡Que no los vuelva a ver en mucho tiempo! ¡Casi me arruinan el negocio con esas pruebas de circo!

Era inútil. Mickey para hacerle caso y abandonar el negocio tuvo que buscar unas tijeras y cortar todos los cordones. Pero al salir, Dippy exclamó de inmediato:

—¿Te diste cuenta de la camisa que usaba el dueño? ¡Pues yo sí! ¡Eso es el futuro! ¡Sígueme!

De un salto, Dippy se trepó a un ómnibus que pasaba y Mickey lo acompañó.

—¿Puedes explicarme qué clase de descubrimiento increíble has hecho?

—Muy sencillo, Mickey. El dueño del negocio tenía camisa, ¿correcto? La camisa tenía cuello, ¿correcto? El cuello tenía las puntas perfectas, ¿correcto? ¡Pues me dedicaré a vender ballenitas, dos por cada camisa de cada persona! ¿Te imaginas cuántos millones de ballenitas venderé?

No, Mickey no se lo imaginaba, ni tampoco podía entender qué es lo que hacían enfrente de un gran edificio donde se leía: "ACUARIO MODELO". Pero Dippy entró con mucho apuro y continuó:

—La base del comercio actual es la propaganda. Y aquí está lo que yo necesito. ¡Acá se exhibe una ballena embalsamada y es lo que me hará ganar dinero!

—¿El director del Acuario es amigo tuyo? —preguntó Mickey.

—No, pero lo convenceré... procuraré ser útil. Primero le limpiaré esto que está lleno de cachivaches. ¿Para qué pueden servir esos huesos viejos?

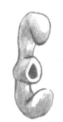

Fue inútil que Mickey intentara detenerlo: en pocos instantes, Dippy juntó todos los huesos que estaban en la sala grande y los arrojó por el incinerador.

—También haré lo mismo con estos cartelitos. ¿Quién puede leer estos nombres tan incómodos? Estoy seguro que el director del Acuario me lo agradecerá... y de paso le echaré un poco de agua y de comida a estos peces tropicales, que parecen un poco hambrientos.

Dippy ignoró el cartel que decía —en la sala de al lado—, "Peces tropicales, no los alimente", y les echó abundante comida y además pretendió hacerles cosquillas en el lomo.

—Soy un especialista en peces, me doy cuenta, después de esto el director me prestará la ballena. ¡Será la gran propaganda para la venta de ballenitas!

Varios cuidadores, al ver que Dippy ignoraba las órdenes establecidas, fueron en busca del director, que llegó con cara de pocas ganas de conversar:

—¿Quién ha tocado la valiosísima selección de fósiles? ¿Y quién ha enfermado a los peces tropicales?

Dippy, se adelantó y con orgullo, dijo:

—Fui por supuesto yo, señor director y además quiero decirle que la ballena embalsamada la vendré a buscar maña...

El resto de las palabras de Dippy no se oyeron, porque entre los bramidos del señor director y los empujones que le dieron los encargados del Acuario no se supo nada de Dippy hasta que aterrizó en la calle, en medio de un montón de cáscaras de maníes. Dos o tres chichones no le hicieron perder el entusiasmo a Dippy, que le dijo a Mickey:

—No te aflijas, Mickey, ya te devolveré el dinero por la indemnización que tuviste que pagar en el Acuario... pero tengo una idea simplemente genial para hacerme comerciante. ¿No te dicen nada estas cáscaras de maníes?

—Sí, que la gente que los comió era bastante desprolija.

—¿Cuántos habitantes tiene nuestra ciudad? ¿Y cuántos maníes hay en cada cucurucho? Bueno, no tengo tiempo para multiplicar, pero como te das cuenta el futuro del país está en los maníes.

Allá se fue trotando Dippy hacia su casa y seguido de Mickey, que jamás había corrido tanto en un solo día, construyó con unas latas, una chimenea y unas rueditas que sacó de una vieja bicicleta, un trencito para maníes.

—Ves... éste es el horno para calentar los maníes. Todo previsto, perfecto, la chimenea echa el humo hacia arriba —exclamó Dippy, encantadísimo.

Luego, en un almacén compró varios kilos de maníes crudos y la maquinita comenzó a funcionar.

—Esta es la parte de los negocios que menos satisfacciones da, Mickey, pero ahora empezaré a vender. Quédate para ver mi éxito... ¿Dónde estacionaré? ¿Dónde?

Luego de dar un montón de vueltas, Dippy decidió ubicar su carrito-fábrica-de-maníes-y-de-dinero-en-el-futuro, enfrente de un cine.

—Este lugar es magnífico, cada espectador oirá mi grito: "¡maniiiiiessssss! ¡maniiiiiiiesss!" y ya no podrá resistir.

¿No te parece que tengo una visión comercial formidable? —argumentó Dippy.

Pero en eso se acercó un Inspector de Autos y Estacionamientos que no opinaba lo mismo que Dippy.

—Ese carrito está mal estacionado. ¿Podría usted retirarlo? Tiene cinco minutos para hacerlo.

—De ninguna manera, este carrito me llevó mucho más de cinco minutos para hacerlo y no permitiré que mi trabajo se ignore —dijo Dippy.

—No, me refiero al carrito. Sáquelo de allí y pronto. Esta es zona prohibida para estacionamiento y menos de maníes —respondió irritado el Inspector.

Cuando oyó la palabra "maní", Dippy exclamó, dando saltos por el aire:

—Sepa, señor, que está hablando con un gran comerciante. ¿Ignora usted que el futuro del país está unido a la suerte de los maníes? ¿Ha pensado usted qué haría nuestra ciudad sin maníes?

La gente que acababa de salir del cine, se agrupó alrededor de Dippy, que para que lo escucharan mejor estaba sobre el carrito de maníes, mientras gritaba, de vez en cuando: "¡maniiiiiesss!" y proseguía defendiendo su carrito.

—Sí, que lo dejen, está bien ahí... tiene razón —dijo la gente.

—Que se vaya el Inspector —gritaron otros.

En medio del bochinche, Dippy se sentó en el carrito mientras sostenía:

—La libertad de comercio está amparada por la Constitución Nacional. No permitiré que me lo prohiban.

—Sí... que no lo prohiban... afuera el Inspector que prohibe —dijo uno.

—No prohiban, quiero maníes, le compro maníes —exclamó un señor, casi a punto de llorar.

Lo que sucedió desde ese momento es bastante difícil de describir: la gente empezó a llorar apoyando a Dippy, mientras

Mickey trataba de convencer a su amigo que llevara el carrito. Otros estaban de acuerdo con el Inspector, el de más ahí propuso ir todos a la comisaría para aclarar el problema.

—Basta, ¿qué escándalo es éste? —preguntó el Jefe de Policía, que se vio obligado a intervenir.

—Permítame que le explique "¡maniiii-esss!", yo soy comerciante "¡maniiiiesss!" —intentó decir Dippy—. Le demostraré que mis maníes son excelentes.

—No me demuestre nada y váyase... está interrumpiendo el tránsito... este escándalo es inaudito —protestó el Jefe.

Pero Dippy, a toda costa, quiso despachar unos maníes y encendió el hornito.

—Caramba... esto no anda. ¿No tienes un poco de leña, Mickey?

No, Mickey no tenía leña ni nadie por ahí, además ya no se entendía nada entre las protestas del Inspector, del Jefe, del público y las patadas que Dippy optó por darle a su carrito para encender el horno.

—¡Al fin! ¡Creo que lo arreglé! —gritó Dippy.

Pero con estas palabras, los maníes empezaron a salir por la chimenea con la fuerza de una bala.

—¡Socorro! ¡Sálvese quién pueda! —gritó la gente, procurando ponerse a salvo de la andanada de proyectiles-maníes.

—Esperen, yo les explicaré —gritó Dippy, dándole otra patada al carrito.

Esto fue definitivo: se volcó el carrito y la chimenea, que cayó enfrente del Banco, sembró la puerta con una ráfaga de maníes... y ante la sorpresa de todos, tres ladrones salieron de detrás de la puerta del Banco, con los brazos en alto, junto con Pete el Malo.

—¡Nos rendimos, ya vemos que es imposible escapar, condenados maníes! —dijo el cabecilla de la banda.

El Jefe de Policía esposó a los bandidos y abrazó a Dippy, que por fin había arreglado su dichoso trencito de maníes.

—¡Viva Dippy! —gritaron todos.

—Sí, que viva Dippy, gracias a los maníes... Nunca había pensado en la importancia de estos pequeños porotitos. ¡La policía, por haber contribuido a librar a la ciudad de la temible banda de Pete el Malo, le compra toda la producción de maníes!

Dippy estaba tan orgulloso y tan lleno de billetes que le rogó a Mickey que los transportara, porque él en los botines ya no se los podía guardar.

Minnie y los fantasmas

MINNIE había recubierto su cama con una colcha rosa y había colocado adornos muy bonitos en las paredes; el viejo espejo de siempre estaba realzado por un coqueto marco de lentejuelas. Minnie suspiró:

—¡Ulalá! ¡El dormitorio se parece mucho al de la condesa de la Chupetinerie... y casi casi, con los ejercicios que haré en seguida, seré tan elegante como ella! ¡Adoro el refinamiento francés!

Arrojó a un lado el libro que leía: "La manera de ser fina como una condesa en 10 lecciones", y empezó los ejercicios prácticos: procuró tomar una tacita de café diminuta sin aferrarla como una jarra de cerveza; luego ensayó comer en pequeños bocados un pastel de manzanas, y allí estaba, sufriendo por este dificilísimo ejercicio de buena educación, cuando sonó el timbre. Era Jacques, Monsieur Jacques como decía Minnie ante Mickey poniendo los ojos en blanco.

—¡Hola, señorita Minnie! ¡Tengo mucho placer en reencontrarla en esta hermosa mañana! —exclamó el cortés Jacques, besándole la mano a su amiga.

—¡Usted sí que es encantador! —respondió Minnie, y para sus adentros pensó que en todos los años que conocía a Mickey, éste nunca le había besado la mano al saludarla.

Digámoslo de una vez: para Minnie nadie era tan elegante ni tan hombre de mundo como el francesísimo Jacques. Este, sentado con las piernas cruzadas, jugueteaba con su monóculo y decía:

—Minnie, adoro los castillos antiguos como el que tiene la condesa de la Chupetinerie. La condesa —Herbertina para sus amigos—, ha adornado el pabellón...

—Basta, estimado Jacques. Debo comunicarle que he decidido yo también alquilar un castillo. Es mi viejo sueño —interrumpió Minnie con vehemencia.

Debemos aclarar que el "viejo sueño" de Minnie tenía apenas cinco minutos, porque en cuanto oyó lo del castillo pensó que sería distinguidísimo tener uno.

Jacques, luego de mojarse los labios en una copita que le ofreció Minnie, se retiró y la joven, colocándose el sombrero y con mucho entusiasmo —que quizá no habría aprobado la condesa— se marchó al campo a hablar con el cuidador de un viejo castillo y por un precio bastante razonable, se lo alquiló. La nueva castellana recorrió encantada las habitaciones.

—Lo arreglaré muy bien, al gusto de la condesa y de Jacques e incluso le pediré a éste algunos consejos para los mármoles —comenzó a decir Minnie.

Y en ese instante, de la planta baja, llegó el alegre saludo de Mickey que la había visto entrar al castillo.

—Perdóname, Mickey, pero no puedo charlar contigo; dile a los chicos y a Clarabelle que vengan a ayudarme. Quiero inaugurar mañana el castillo y como comprenderás, hay mucho que hacer —exclamó Minnie.

No tardaron los amigos de Minnie.

—Pi y Olín harán de fantasmas. Todo castillo que se respeta tiene un fantasma y yo no seré menos que otros dueños —explicó Minnie.

—De acuerdo. Con unos hierros viejos haremos ruidos como si fueran cadenas —dijo Pi.

—Y yo gritaré un poco —añadió Olín.

Clarabelle comenzó de inmediato a tejer telas de araña para ubicarlas en los rincones, pues Minnie opinaba que un castillo sin el misterio de las arañas y los murciélagos —que también fueron fabricados convenientemente—, no tiene atractivo.

Los sobrinitos de Mickey recibieron un encargo muy importante:

—Ustedes llenarán las puertas de corrientes de aire y de crujidos, así hasta el más valiente se morirá de miedo —exclamó Minnie, divertidísima.

Al día siguiente se efectuó la inaugu-

ración: el invitado de honor fue Jacques y por único saludo, Mickey recibió de Minnie un glacial "hola" porque todas las atenciones eran para el nuevo huésped.

—Descansaré un rato aquí —dijo Mickey, sentándose en un escalón de la alta escalinata.

Pero un crujido horroroso —a cargo de sus sobrinos— por poco le hace perder el apetito. Y mientras probaba el postre en el salón comedor, un espantoso gemido le heló aún más el helado.

—¿Qué es eso? —tartamudeó Mickey.

—No es nada... un poquito de "color local" —bromeó Minnie, entusiasmada.

—Me ha dicho la condesa de la Chupetinerie que no vendrá hasta más tarde... tal vez mañana, pero me rogó que la salude en su nombre —exclamó Jacques.

Tres aldabonazos sorprendieron la grata reunión. Era el Comisario de Policía:

—Minnie, vengo a averiguar si has visto a algún sospechoso últimamente... la condesa de la Chupetinerie, la aristócrata francesa, ha perdido su collar de esmeraldas. Se me ocurre que debe haberlo robado algún ladrón internacional.

—Pues jamás he visto un individuo así. En mi casa sólo hay personas distinguidísimas y antiguos amigos —respondió Minnie, indignada.

Y como ese día había sido de mucho trajín, cada uno se retiró a su habitación.

—No se olviden que nos levantamos a la madrugada para intervenir en la cacería —comentó Minnie.

En efecto, no bien se asomó el sol, el grupo estuvo reunido junto a los caballos, todos con su equipo de montar. Jacques con su alta galera era la estatua de la elegancia. A lo lejos, se oyó un estridente cuerno, Jacques palideció.

—No es nada... debe ser el cuerno encantado, como en las antiguas cacerías —explicó Minnie, mientras por lo bajo felicitaba a uno de los sobrinos de Mickey.

—No creo que haya sido ninguno de nosotros ni Pi y Olín... creo que de verdad se trata de un cuerno mágico —dijo el chico.

Galoparon hasta un antiguo pabellón y una carcajada electrizó al grupo.

—¿Y esa risa fantasmal? —preguntó Jacques, a punto de caerse del caballo.

—Oh, no es nada... los viejos pobladores siempre aparecen —dijo Minnie.

—Te aseguro que nosotros no hemos colocado ningún equipo amplificador de sonidos —dijo Clarabelle, para que su amiga no continuara con las felicitaciones.

—¿Me vas a decir que hay fantasmas de verdad? —exclamó Minnie, bajando de su caballo y bastante inquieta.

—Te aseguro que todo esto es muy raro... —comentaron los sobrinos.

El grupo dejó los caballos lejos y se agolpó en el pabellón; ya no parecían tan contentos y Minnie incluso llegó a decir:

—Yo no creo en fantasmas...

En ese momento una sombra apareció sobre la puerta.

—Señor Jacques... el fantasma... el fantasma... sálveme —gritó Minnie a punto de desmayarse.

Pero Jacques, con muy poca cortesía francesa, en lugar de atacar al fantasma prefirió echar a correr. Tan preocupado estaba que no reparó que se le ladeaba la galera y ni siquiera se subió a su caballo para escapar más rápido.

Minnie y sus amigos no entendían na-

da, cuando en eso se vio que la sombra del fantasma se aproximaba.

—¡No tengan miedo! ¡El fantasma soy yo! —explicó Mickey, acercándose envuelto en una sábana—. Desde el principio sospeché que Jacques... es un mentiroso y además...

Minnie protestó indignada: su amigo era un noble francés, un hombre de confianza, un caballero de alta vida, un...

—¡Un ladrón de joyas! Encontré en su habitación este collar de esmeraldas —exclamó Mickey, exhibiendo un espléndido collar.

Pero no se trataba de seguir hablando: había que hallar a Jacques que, por ahora, estaba en alguna parte del bosque.

—Mickey, permíteme que te ayude. Si yo lo traje a Jacques aquí, por lo menos me dará una explicación —dijo Minnie.

—Espérennos... no tardaremos mucho —dijo Mickey a sus amigos. Y con su traje de fantasma y acompañado de Minnie, fueron en busca de Jacques.

—No te olvides que Jacques no sabe

que sospechamos de él… por ahora es sólo un cobarde —recordó Minnie.

Siguieron por un sendero del bosque y en el fondo, vieron a Jacques que hacía señas a un coche para dirigirse a la ciudad.

—No podemos apresarlo a menos que detengamos el coche. ¡Ayúdame a colocar un tronco en el camino! —gritó Mickey.

Con bastante esfuerzo, entre los dos colocaron un tronco. Y como aún parecía poco, Minnie añadió un montón de ramas.

A todo esto, Jacques había conseguido detener el coche y luego de algunas palabras, vieron que se acercaba hasta donde Minnie y Mickey esperaban ocultos.

—¡Oh! ¡Un árbol caído! ¡Qué inconveniente! —dijo el hombre que manejaba.

—Lo siento mucho, pero un caballero como yo no hace trabajos manuales —comenzó a decir Jacques.

—Claro que un caballero tal vez… pero un ladrón internacional —dijo Mickey, apareciendo en el camino.

—Señor Jacques… mi amigo debe estar en un error… ¿no es cierto que todo es falso? —exclamó Minnie, saliendo a su vez de su escondite.

—Por supuesto, Minnie, todo es falso. Yo le explicaré, venga aquí a mi lado —le dijo Jacques con su exquisita cortesía.

Minnie se sentó en el auto, al lado de Jacques, y el dueño del coche, junto con Mickey, comenzaron a sacar el tronco…

—Pues hasta la vista… ¡y me llevo a Minnie de rehén! ¡No me sigan! —gritó Jacques, partiendo en sentido contrario.

Pero no pudieron andar mucho, porque justo hacia ellos avanzaba a toda velocidad, el automóvil de la policía. Con una frenada brusca, Jacques se entregó ante los indignados ojos de Minnie que hasta último momento había tenido fe en su antiguo ídolo.

Hacia ellos avanzó el Comisario que le puso las esposas a Jacques:

—Un pájaro de cuentas menos para andar suelto…

—Pues ahora veo bien que los castillos encantados sólo sirven para bromas de mal gusto —suspiró Minnie, dándole la mano a Mickey.

—Sin embargo, cuando conozca el mío opinará lo contrario —dijo una voz aterciopelada que surgió de detrás del Comisario.

Era la condesa de la Chupetinerie que venía a saludar a Minnie y a recuperar su collar de esmeraldas.

¡Realmente, Minnie estaba orgullosísima de cambiar de opinión!

El pato invisible

A LA hora del almuerzo los chicos comieron solos.

—Tío Donald ha dicho que nos arreglemos sin él... está muy ocupado en el laboratorio... y también agregó que el té de la tarde y la cena corra por nuestra cuenta. Está al borde de un descubrimiento sensacional —dijo Dieguito.

—Claro, piensa hacerse famoso por algo importantísimo —añadió Huguito.

—Pero si no se hace famoso él, podríamos nosotros convertirlo en alguien fenomenal —gritó Luisito.

—¿Qué dicen, chicos? ¿Quién es fenomenal? Discúlpenme, pero por unos días casi no nos veremos —exclamó Donald, de paso hacia su laboratorio.

Por un rato, sólo se oyó el cruch cruch de las tostadas, hasta que Luisito dijo:

—El tío Donald tiene razón... él busca un descubrimiento famoso... y a propósito de no vernos por algunos días, ¿qué les parece si le hacemos creer que es invisible? Por supuesto lo veremos, pero él no nos puede hablar... eso le dará al tío una gran satisfacción... y nosotros pasaremos un buen rato, ¿eh, muchachos?

El resto de la banda estuvo de acuerdo y de inmediato subieron al laboratorio de Donald. Allí estaba el futuro sabio entre retortas y alambiques.

—¿Qué tal, chicos? ¿Curioseando? —preguntó Donald.

Los chicos hicieron como que no lo habían visto y se sentaron en unas sillas.

—¿Te parece que tardará mucho el tío Donald? —quiso saber Luisito.

—No sé dónde se habrá metido... dijo que estaría todo el tiempo en su laboratorio —exclamó Dieguito.

—Pero, muchachos... acá estoy, ¿no me ven? ¿Necesitan anteojos? —bromeó Donald.

—Mejor nos vamos a buscarlo en el comedor... en una de ésas bajó y no nos dimos cuenta. Lo noto un poco raro últimamente con tantos descubrimientos, necesita descansar —concluyó Huguito.

Los chicos se marcharon y Donald empezó a reírse, pero de a poco se fue poniendo serio.

—¿Será posible? ¿Cómo no me han visto ni me han oído? ¿Habré encontrado realmente la fórmula de ser invisible? ¿Serán las pastillas Alfa Gamma Átomo 6? ¿Tan pronto? No, debe ser un error, iré a hablar con ellos.

Donald, empuñando un tubo de ensayo, se precipitó por la escalera, gritando:

—¡Chicos! ¡Quiero decirles algo!

Pero los chicos, como si no existiera, se fueron a la habitación de Donald.

—El tío vendrá acá en cuanto termine sus investigaciones —dijeron, mientras revisaban la cómoda.

Donald abrió la puerta de su dormitorio y exclamó:

—Chicos, tengo una novedad para ustedes. Mañana...

Pero los chicos siguieron conversando como si sólo el aire los acompañara y comentaron:

—El tío Donald debe haberse ido a visitar a Margarita. ¡Qué raro!

—¡Es increíble! ¡Ni me ven ni me oyen! —gritó Donald, dando varios saltos de emoción—. ¡Soy el Pato Invisible Nº 1 del mundo!

Los muchachos continuaron en sus investigaciones por el dormitorio y en eso gritó Dieguito, agitando un cuaderno:

—¡Miren lo que he descubierto! ¡"Palicero de los chicos" por Donald! ¡Es el cuaderno en que el tío anota las palizas que nos tiene que dar!

—Es verdad... ahí dice... "Dieguito: una paliza por haberse disfrazado de polilla y agujereado los almohadones de la sala". "Luisito: una paliza por haber pintado de verde la linterna roja del guardabarrera" —leyó Huguito.

Y en un segundo, los chicos destrozaron el cuaderno delante de Donald.

—¡Dejen eso, no toquen el "Palicero", ya no sabré cuándo tendré que darles una paliza!... No puedo impedirlo... ellos no me ven ni me oyen... después de todo son travesuras de niños —dijo Donald, calmándose un poco.

—Llamaremos a Margarita para ir al campo. Es un día espléndido para gozar de la naturaleza —dijo Dieguito, haciendo una seña a sus hermanos.

En cuanto llegó Margarita, en un breve aparte, la informaron de la broma que le estaban jugando a Donald.

—Es una pena que Donald haya salido sin avisarnos. Sin él nos aburriremos irremediablemente —suspiró Margarita, en las propias narices de Donald que, entusiasmado, no terminaba de repetirse que era formidable eso de ser el Pato Invisible.

De un salto, Donald se ubicó en el asiento de atrás del auto:

—Iré con ellos... no sospecharán en absoluto que los acompaño... ¡Pobres!

—Acomodémonos adelante, tiremos todos los paquetes atrás —dijo Margarita.

En dos segundos, Donald fue realmente invisible porque se cubrió de arriba abajo con raquetas, redes de pescar, mallas de baño, ropa, toallas y paquetes de comida.

—Estoy pensando que esto de ser invisible es formidable, pero un poquito incómodo —comentó Donald, sin perder su entusiasmo.

A todo esto, el auto trepidando como un tren de vapor, llegó al campo.

—Creo que podemos empezar por una pequeña merienda —dijo Margarita, colocando en el suelo un mantel a cuadros.

Los chicos se sentaron alrededor mientras probaban un pedazo de torta.

—Es una pena que no esté... mmmm... Donald... mmmm... porque a él le encanta la torta de nuez —opinó Margarita, masticando.

Por supuesto que Donald tenía exactamente la misma idea: torta de nuez era sinónimo de carrillo lleno, lo que quería decir buen apetito, lo que quería decir...

—Ten cuidado con ese hormiguero, córrete más acá —dijo Luisito a Dieguito, haciendo como que no veía que Donald miraba obsesionado el trozo de torta que había dejado al borde del mantel.

—Si me siento en ese lugar, no se darán cuenta que ha desaparecido el pedazo de torta... tendré cuidado con las hormigas —pensó Donald. Y mientras los chicos mascaban y mascaban como si él no existiera, se acomodó en el sitio que acababa de dejar Dieguito.

—¡Ayyyyyiiii! —saltó Donald, echando a correr, con un montón de odiosas hormigas ubicadas en cierta parte.

Por supuesto, los chicos y Margarita no podían contener la risa, pero el Pato, convencido de que no lo veían, decidió sentarse en un arroyo que había allí cerca.

—¡Menos mal que esto me aliviará de las picaduras! ¡Las condenadas hormigas no me permitieron probar la torta! —se quejó Donald sin ninguna dignidad.

Ya parecía un poquito menos contento de ser invisible e incluso tenía muchas ganas de comunicarse con Margarita.

Pero por más que gritó, cantó, se movió, hizo señas, golpeó con las piedras, no pudo hacerse oír por Margarita que, a su lado, repetía:

—¡Me encanta el aire tranquilo del campo! ¡No se oye ni una sola palabra!

Ya el jueguito lo tenía algo cansado a Donald, pero de sólo pensar en lo que les contarían los chicos y Margarita a la vuelta y en la sorpresa que se llevarían cuando él añadiera otros detalles que sólo alguien que hubiera estado con ellos podría darles, recuperó su buen humor.

—¡No veo el momento de regresar a casa! ¡Tomaré otras pastillas de Alfa Gamma Átomo 6 y de inmediato me volveré visible! —exclamó el Pato.

—Pues yo les digo que aún no han hecho ningún ejercicio... ¡hasta que no ha-

chen toda esa leña no regresaremos a casa!
—ordenó Margarita, entregando un hacha
a los chicos.

Margarita se fue a leer y en cuanto
se alejó, los chicos se guiñaron un ojo:

—Yo no tengo ganas de hachar... y
¿tú, Luisito?

—Yo menos, y ¿tú, Dieguito?

—Pues si estos forajidos no hachan la
leña no regresaremos ni en cinco horas...
tendré que hacerlo yo —masculló Donald.

En media hora, entre las carcajadas de
Margarita y de los chicos que aparentaban
no enterarse de nada, el Pato partió casi
una tonelada de leña. Con la lengua por el
suelo consiguió arrastrarse hasta el auto.
De nuevo lo taparon con el equipaje, pero
Donald sólo pensaba en tomar unas pastillas de Alfa Gamma Átomo 6 o de lo que
fuere más rápido para pedir un poco de té
caliente y quedarse tranquilo.

—¡Ya llegamos! —exclamó Margarita—. ¡Caramba, qué escuro está esto!
—añadió al volver a la casa de Donald.

Efectivamente, no se veía ni la punta
de la nariz, hasta el grado que en el traji-
nar de los bultos, el Pato, que estaba medio
dormido, sintió que pisaba una puerta
trampa.

—¡Socorro! ¡Auxilio! —alcanzó a gritar, antes de desaparecer en el sótano.

—No es nada, es apenas el eco... alguien se debe estar entreteniendo en lla-
mar la atención —dijo Margarita, entran-
do en la casa, cargada con un montón de
paquetes. Y les guiñó un ojo a los chicos,
porque estaba segura que Donald ya los
esperaba oculto detrás del sillón de la
sala.

—Realmente no entiendo lo que ha su-
cedido con Donald, ha desaparecido sin dejar huellas —comentó Margarita.

—Sin él no nos hemos podido diver-
tir...

—...pero hemos hecho...

—...todo lo posible —dijeron los chicos.

En eso, apareció Patilludo.

—¡Hola, Patilludo! ¿Has perdido algo? —preguntó Margarita.

—Por supuesto... y no me mires con
esa cara de inocente. ¿Dónde han estado
hoy? —quiso saber, furioso, Patilludo.

—Pues en el campo... decidimos que
el día estaba espléndido para tomar aire
—respondió Luisito.

—Sí, y además me han tomado la maleta donde guardaba el dinero... pero estoy cansado de estas bromas, Margarita.
¡Devuélveme la valija de inmediato!

Fue inútil que le explicaran al indignado Patilludo que ellos no tenían nada
que ver con la desaparición del dinero.

—Seguramente se han ido a la ciudad
y se han gastado todo... ¿Cómo pueden
probarme que han estado verdaderamente
en el campo? —averiguó Patilludo, con
voz de detective.

—Donald... Donald vino con nosotros
al campo... le hicimos creer que no lo
veíamos pero él te dirá que estuvimos allí
todo el día —explicó Margarita, preocupada por el cariz que tomaba el asunto.

Y más preocupada hubiera estado si
hubiese advertido que Donald, en ese momento, acababa de salir del sótano en que
había caído y había oído sus palabras. Cla-

ro que Donald, además, llevaba en la mano la maleta de Patilludo con el dinero.

—¿Con que todo no fue sino una broma eso de que yo era invisible? Pues me la pagarán... Además, Patilludo no recuerda que él mismo escondió esa valija en el sótano la semana pasada para que nadie se la tocara —se iba diciendo Donald, mientras entraba en su casa, que había abandonado horas antes "invisible".

—¡Oh, Donald! ¡Bienvenido! ¡Por suerte has llegado! Patilludo no cree que estuvimos en el campo —sollozó Margarita.

—Sí, tío Donald...

—...fue sólo una bromita inocente...

—...para que te creyeras que eras invisible —explicaron llorando los chicos.

—Bueno, sobrino, ¿es cierto o no es cierto? ¿Los viste o no los viste? —preguntó Patilludo, furibundo—. Un minuto más y llamo a la policía...

El cuadro era realmente desconsolador:

Margarita retorcía su pañuelo y los chicos tenían cara de resfrío.

—Tío Patilludo... eres un desmemoriado. Tú mismo guardaste la valija en el sótano la semana pasada, y yo la encontré, de casualidad. Aquí la tienes. Realmente todos hemos estado en el campo esta tarde... pasamos unas horas deliciosas —terminó Donald.

Los chicos y Margarita se acercaron a felicitar al Pato.

—Eres el tío más formidable del mundo, aunque no seas invisible —dijeron los chicos.

—Y yo tengo para ti un gran trozo de torta, bien visible, esta vez —exclamó Margarita, sumamente contenta.

Y mientras Patilludo comprobaba que, efectivamente, tenía $ 7.986.583 en moneditas de cinco, todos se alegraron de que las pastillas Alfa Gamma Átomo 6 no sirvieran absolutamente para nada.

Ardillas ciudadanas

OLÍN dijo: —El bosque será muy lindo, pero como la ciudad no hay.

Pi contestó: —Y la ciudad será muy linda, pero como el bosque no hay.

—¡Hay! —dijo Olín.

—¡No hay! —dijo Pi.

—¡Hay!

—¡No hay!

—¡HHHAAAYYY...! —gritó Olín más fuerte, y al ver que Pi no cedía.

—¡NO HHHAAAYYY...! —gritó Pi más fuerte, y al ver que Olín no cedía.

Y así hubieran seguido, a no ser que la señora comadreja, enemiga número uno de las ardillas, apareció de pronto.

—¡AAAYYY...! —gritaron a un mismo tiempo Pi y Olín poniéndose, por una vez, de acuerdo. Y corriendo, se alejaron de la comadreja. Cuando la perdieron de vista, Olín retomó la discusión:

—¿Te convenciste que la ciudad es mejor que el bosque? A la ciudad no llegan las comadrejas.

—Está bien, Olín, ganaste. Dejemos el bosque y vayamos a la ciudad.

Y efectivamente, dejaron el bosque y se fueron a la ciudad.

—¡Ooohhh... qué maravilla... qué extraordinaria... qué fenomenal...! —exclamaron en cuanto pisaron las primeras calles de la ciudad—. Parece una película. ¡Qué edificios, qué negocios, qué...!

—¿Qué miran, bobitas? ¿O se creen que están en el campo? ¿No ven que casi las atropello? —les gritó un automovilista que pasó rozándolas y a toda velocidad—. ¡Fíjense por dónde caminan, atolondradas! —dijo finalmente el del auto mientras se alejaba.

Y mientras se alejaba, Pi y Olín, impresionadas por el incidente, se quedaron duritas como postes, sin atinar a decir palabra. Cuando recuperaron el aliento, dejaron de mirar hacia arriba para admirar los rascacielos, y optaron por mirar hacia abajo y a derecha e izquierda hasta que cruzaron la amplia avenida. Recién cuando llegaron a la vereda de enfrente, se soltaron de la mano.

—¿Qué te parece si elegimos esta avenida como lugar de residencia? —preguntó Olín.

—El lugar me gusta; es residencial, limpio y, por sobre todo, tranquilo.

—Aquel árbol parece confortable, ¿verdad, Pi? ¿Nos mudamos a ése? ¿Sí?

Segundos más tarde se alojaban en uno de los árboles más robustos de la avenida. Practicaron un pequeño boquete que les servía de mirador, construyeron una complicada red de conductos para la ventilación y finalmente buscaron unas hojas que sirvieran de cama. Se sentían felices.

—¿Has visto, Pi, qué buena es la vida de la ciudad? ¿Cuándo íbamos a tener en el bosque todas estas comodidades? ¿Sabes una cosa? No tendríamos más que cavar un túnel que fuera derecho hacia abajo para desembocar, justito justito, en el subterráneo. ¡Todo es tan moderno aquí!

—Es verdad, Olín, pero lo que más me entusiasma es la tranquilidad que reina.

De pronto, Pi y Olín vieron avanzar una espesa nube blanca que hacía este ruido: PUF... PUF..., como un motor.

—¿Qué es eso? —preguntó Pi.

—No sé... Es raro que una nube vuele tan bajo... Claro que en la ciudad a lo mejor se acostumbra así.

—¿Con motor y todo? ¡Qué raro!

Claro que era raro. Rarísimo. Lo que pasaba era que en ese momento estaban fumigando la ciudad. Aquélla era una nube, sí, pero de DDT. A Pi no le causó ninguna gracia que digamos, menos cuando el DDT empezó a picarle la nariz, haciéndole estornudar nueve veces seguidas.

—En el bosque no pasan estas cosas —alcanzó a gritar entre dos estornudos.

—¡Porque en el bosque están más atrasados! —se defendió Olín—. En la ciudad la gente se baña así. Son más modernos.

—Puede ser —contestó Pi—, pero ahora no tengo ganas de discutir. Mejor me haré una linda siestita; al menos aprovecharé la paz que reina en este lugar.

—Yo también haré una siestita —dijo Olín.

Pero no hicieron ninguna siestita. Antes de que se quedaran dormidas, oyeron:

—¡Bang, bang...! Te maté.

—¡No, yo te maté primero!

—¡Mentira, fui yo el que te mató primero!

—¡Qué vas a ser tú, tramposo!

—Entonces, empecemos de nuevo.

Eran unos chicos que estaban jugando a los cow-boys, haciendo un barullo tan infernal, que Pi y Olín perdieron el sueño. Lo encontraron recién al anochecer, momento en que los chicos dejaron de jugar.

—¡Por fin! —dijo Pi—. Creí que no terminarían nunca. Ahora sí podremos dormir. Hasta mañana, Olín.

—Hasta mañana, Pi.

Durmieron toda la noche y hubieran dormido todo el día siguiente, si un violen-

to sacudón no las hubiera despertado, haciéndolas caer de la cama.

—¡Terremoto! —gritó Pi.

—¡Sálvese quién pueda! —exclamó Olín.

Pero el terremoto no era tal. Se trataba de una cuadrilla de hombres que estaban talando los árboles de la cuadra, y a cada golpe que daban con el hacha, los árboles se sacudían temblando desde la raíz hasta la última hoja. Cuando las ardillitas lo advirtieron, perdieron la nerviosidad, pero no el tembleque, pues los hachazos seguían sacudiendo al árbol y con él a las ardillitas que saltaban para todos lados.

—Es... to... to... pa... pa... re... ce... ce... u... u... na... coc... te... te... le... ra... ra... ra... —dijo Pi.

—Me... me... jor... nos... va... va... va... mos... a... o... o... tro... ár... bol... bol... —contestó Olín.

Y sin pensarlo más, abandonaron aquella vivienda que en tan pocas horas les había deparado sorpresas tan desagradables.

En ese momento, Olín advirtió que Pi la miraba con cara de muy pocos amigos.

—Ya sé —dijo Olín, anticipándose al reproche— en el bosque estas cosas no pasan. Pero, ¿y de la comadreja? ¿Ya no te acuerdas?

—De lo único que me acuerdo en este momento —contestó Pi secamente— es que me está picando el estómago porque tengo el hambre de cien ardillas juntas. Y lo que me gustaría saber, es si aquí hay tantas nueces como en el bos...

No pudo continuar. Se quedó con la boca dura y abierta, y ahora, en vez de una ardilla, parecía el monumento al asombro. ¿Qué había provocado ese asombro? Nada menos que una enorme montaña de nueces frescas y grandes como jamás había encontrado en el bosque.

—¿To, todas son pa, para nosotras? —preguntó cuando consiguió mover la boca.

—Naturalmente —contestó con mucha suficiencia Olín—. No tienes más que agarrarlas, romperlas y comerlas. En la ciudad la vida es muy distinta. ¿Lo admites?

Pero Pi no tenía tiempo de admitir nada. En cambio, se arrojó sobre aquella montaña como quien se zambulle en el río, y en contados minutos había devorado una docena de nueces. Olín la imitó.

Y así fue, en realidad, cómo las dos entraron en aquel almacén. Sí, porque las nueces estaban en el escaparate de un almacén. Y así fue, también, cómo las dos salieron de aquel almacén. Sí, porque en cuanto el almacenero las vio, tomó la escoba y la descargó sobre ellas dispuesto a darles un escarmiento inolvidable.

Por suerte no llegó a acertarles. Pi y Olín, sin explicarse qué bicho podría haberle picado a ese hombre que hacía tanto escándalo por unas nueces, salieron a la disparada y corrieron calle arriba perseguidas por el almacenero que gritaba:

—¡Ladronas... Agarren a esas ladronas! ¡Policía... Socorro...!

Y dio la casualidad que justamente en ese momento, un señor con gorra hasta las orejas y con un pañuelo que le cubría el rostro, salía corriendo de una joyería llevándose, como al descuido, un valioso collar sin que por el momento el joyero se diera cuenta. Y cuando oyó que alguien gritaba pidiendo ayuda a la policía, pensó:

—Estoy frito. El joyero ya descubrió que le robé este collar y ahora llama a la policía. Será mejor que doble en esa esquina y huya por esa calle.

"Esa calle" era precisamente la misma por la que venían corriendo las ardillas, perseguidas por el almacenero y su escoba. Por eso, en cuanto dobló la esquina, el del collar se encontró de pronto con Pi y Olín que venían en sentido contrario. Como no podía frenar, trató de esquivarlas. Y las esquivó. Lo que no pudo esquivar fue una escoba, o mejor dicho, un escobazo. Era el escobazo que por segunda vez había descargado el almacenero.

—¡Qué suerte! —gritó Olín dándose vuelta—. Ese buen hombre ha sacado la cara por nosotras.

—Yo creo que más que sacarla, lo que hizo fue ponerla. ¡Pobre!

—¡Qué pobre ni qué pobre! —dijo uno.

Era el joyero que había descubierto el robo y avisado a la policía.

—Es un ladrón —continuó diciendo—. ¡Y gracias a ustedes lo atrapamos!

—¿Ustedes somos nosotras? —preguntaron a coro Pi y Olín.

—Así es —dijo el vigilante mientras recuperaba el collar y esposaba al ladrón—. De manera que serán recompensadas.

En ese momento, el almacenero, al oír que Pi y Olín habían contribuido a detener al ladrón, pensó que no serían tan malas como él había creído.

—Yo soy quien va a recompensarlas —dijo—. Les regalaré un cajón de nueces.

Pero Pi no demostró demasiado entusiasmo. Y tampoco Olín. Eran muchas las peripecias pasadas desde que abandonaran el bosque.

—Si quieren recompensarnos —dijeron—, aquí tienen nuestra dirección: Bosque Tranquilo, árbol 23, segunda rama a la izquierda. Mándenos allí las nueces... ¡Chau...!

Y se fueron a toda carrera por la ruta que llevaba al bosque. Con comadreja y todo, era menos, mucho menos complicado que la ciudad.

Balas y tortas

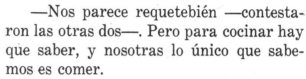

MARGARITA estaba estudiando para recibirse de experta en belleza. Por eso había llenado su casa de cremas, aceites y libros explicativos.

Esa tarde debía asistir a una clase. Entonces habló con sus sobrinas:

—Encantos —les dijo—, yo tengo que salir y ustedes se quedarán solas. ¿Me prometen portarse bien?

—Pierde cuidado, tía —contestaron a coro Rosa, Violeta y Azucena—. Nosotras somos muy juiciosas.

—Ya lo sé, preciosas —respondió Margarita—, pero se los decía por si llegaran a aburrirse de estar solas. En ese caso, pueden jugar a las visitas: es un juego divertido e inocente.

A las tres sobrinas les pareció una buena idea, y una vez que Margarita se hubo ido, comenzaron a planear el juego.

—Cuando alguien recibe visitas —dijo Rosa— siempre prepara algo. ¿Qué les parece si para que sea como de verdad, cocinamos una torta y preparamos el té?

—Nos parece requetebién —contestaron las otras dos—. Pero para cocinar hay que saber, y nosotras lo único que sabemos es comer.

—Aquí hay un libro de recetas al que le faltan las tapas —dijo Rosa—. Es de tía Margarita. Buscaremos la receta de alguna torta rica, y seguiremos las indicaciones al pie de la letra.

—¡Formidable! —exclamaron Violeta y Azucena—. Busquemos una que tenga chocolate.

Pero por más que buscaron, torta de chocolate no encontraron. Y no encontraron porque aquel libro no era de recetas de cocina sino de cremas de belleza.

Pero como no tenía tapa, ellas no se dieron cuenta.

—Esta masa parece rica —dijo Rosa—. No tendrá chocolate, pero escuchen cuántos ingredientes lleva: manteca de cacao, leche de pepino, aceite de almendra, lanolina y champú de frutilla.

—¡Qué menjunje tan raro! —exclamaron Violeta y Azucena—. ¡Debe resultar exquisito!

—¡Y qué suerte tenemos! —volvió a decir Rosa—. En ese tocador de tía Margarita están todos los ingredientes que dice el libro. ¡Miren!

—Es verdad —asintió Azucena—. ¡Pero qué raro que no estén en la cocina!

—Tía salió apurada —dijo Violeta— y no habrá tenido tiempo de guardarlos.

Poco después empezaban a mezclar los ingredientes, tal como aconsejaba el libro.

—Lo único raro que yo le encuentro a esta receta, es que no dice si la torta hay que cocinarla con horno fuerte o con horno suave —se lamentó Violeta.

—Horno fuerte —indicó Azucena—. Las tortas siempre se cocinan con horno fuerte. Así se hará más rápido.

Encendieron el horno, esperaron a que se calentara bien y finalmente pusieron a cocinar aquella extraña mezcla.

—Ahora habrá que decidir quién hace de ama de casa y quiénes de visitas —dijo Violeta.

Y allí sí que no se pusieron de acuerdo, porque las tres querían hacer de ama de casa; les encantaba poner la mesa y servir.

En tanto, alguien comenzó a rondar la casa con ánimos nada amistosos.

Era nada menos que Pete Pata de Palo, en cuya cabezota daba vueltas y revueltas una idea amenazadora:

—Si aprovecho ahora que Margarita no está y entro en su casa, podré robar todo lo que se me antoje sin que nadie me moleste. ¡Y eso es lo que voy a hacer ahora mismo! ¡Para algo soy bandido y malo, qué tanto!

Porque claro, Pete, que había visto salir a Margarita, no sospechaba que en la casa habían quedado las sobrinas.

Fue hacia la puerta, sacó del bolsillo una ganzúa, forzó la cerradura y entró.

Y cuando entró, ¡oh, alboroto!

—¡Una visita! —gritaron las tres chicas al mismo tiempo—. ¡Ahora sí que el juego parecerá de verdad!

Y comportándose como educadas y atentas amas de casa, invitaron a Pete a que se sentara mientras le hablaban con suma amabilidad.

Si hubieran sabido quién era esa "visita" seguramente habrían salido corriendo.

—Pase, pase... —decía Azucena—. En seguida le serviremos una taza de té y un poco de torta.

—Sí, sí, adelante —repetían las otras.

Pete, que no entendía jota, se quedó tan tieso, tan boquiabierto y atontado, como si hubiera visto volar a una vaca.

—Estas niñitas —pensó— ¿me estarán haciendo una broma o es que realmente me tomaron por una visita?

Y como las tres hermanitas seguían con sus atenciones y amabilidades, terminó por convencerse de que, efectivamente, no sospechaban que había entrado allí para robar. Entonces la cabezota de Pete, siempre rápida para los malos pensamientos, urdió un plan.

—Les seguiré el juego —se dijo Pete—. De esta manera podré robar sin que estas cotorras me estorben.

Y sentándose a la mesa, se puso la servilleta y se preparó a tomar el té, a comer un poco de torta y a conversar con las chicas, como si realmente se tratara de una visita.

—¿Cómo está la tía Margarita? —les preguntó—. ¿Tardará mucho en volver? ¿No saben si se llevó ese anillo de brillantes que le regaló Donald el año pasado? ¿Y ese reloj de oro que le obsequió la abuela Donalda? ¿No vieron si lo llevaba puesto?

Rosa, Violeta y Azucena, seguían sin sospechar, y como deseaban comportarse a la altura de una buena ama de casa, contestaron a todas las preguntas.

—Tía Margarita tardará una hora en volver —dijo Violeta.

—Aquí está la torta —dijeron a coro—. Mientras se enfría le haremos una rica tacita de té. No se vaya.

Y al ver que se había levantado, con muchas atenciones y con suma delicadeza, lo obligaron a que se sentara otra vez.

Pete sonreía para disimular, pero por dentro estaba que se mordía de rabia.

De todas maneras se sentó. Pero cuando las chicas regresaron a la cocina para

—Pero como no fue lejos dejó su anillo de brillantes en ese cofre que está sobre esa mesa —continuó Rosa, señalando la mesa del comedor.

—El reloj también quedó en el cofre —terminó Azucena—. A tía Margarita no le gusta llevarlo cuando sale sola, porque tiene miedo que se lo roben.

—¡Ah, muy bien, muy bien! —dijo Pete, tratando de disimular la enorme emoción que le producía saber que esas dos joyas pronto pasarían a sus manos.

—Pero, ¿por qué no me sirven algo? —les dijo, haciéndose el inocente—. Después de todo soy una visita.

Locas de contento saltaron las sobrinas y corrieron hacia la cocina.

Pero más contento saltó Pete y más rápido corrió hacia el cofre en cuanto las chicas desaparecieron de su vista.

De todas maneras no alcanzó a abrirlo; ni bien estiró la mano, reaparecieron las sobrinas.

preparar el té, Pete saltó otra vez de su silla y se abalanzó sobre el cofre.

Ya iba a abrirlo, cuando tres voces lo dejaron tieso.

—Aquí está el té —dijo una voz. Era la voz de Violeta.

—En realidad, es sólo un poco de agua caliente, porque té no había —siguió Rosa.

—Pero con un poco de azúcar quedará de rechupete para acompañar la torta —terminó Azucena.

Pero Pete no esperó más.

Con su vozarrón que se parecía más al gruñido de un oso resfriado que a la voz de una persona, les gritó mientras sacaba un poderoso revólver de dos caños:

—¡Qué torta ni pastelitos! Arriba las manos y pónganse contra la pared. Yo no soy una visita: ¡soy un ladrón! ¡Y ni una palabra más!

—¡Ah, no! —replicó indignadísima Violeta—. Nosotras no queremos jugar al vigilante y al ladrón.

—Ese es un juego para varones —continuó más indignada Rosa.

—Nosotras queremos jugar a las visitas —terminó Azucena, muchísimo más indignada aún.

Y sin decir agua va, atraparon a Pete, lo sentaron por la fuerza, le abrieron la bocaza y le hicieron engullir cuatro porciones de la "torta" que habían preparado.

¡Cualquiera iba a hacerles un desprecio a ellas!

Y Pete, que además de ladrón, era de mucho comer y de muy mal paladar, sintió un gusto tan exquisito por eso que le obligaban a comer que, dejando el robo para más tarde, pidió tres porciones más.

Mientras tanto, pensaba:

—Si les sigo el juego, después me será más fácil dominarlas y robar las joyas.

Pero en realidad, Pete pensaba así para engañarse a sí mismo. En ese momento le interesaba más comer que robar.

Por eso terminó por comerse toda la torta sin dejar ni una miga.

De pronto, Rosa, Violeta y Azucena notaron una extraña coloración en la cara de Pete. Primero vieron que la piel se le ponía azul, después verde, más tarde amarilla, luego roja.

Al final, el rostro de Pete parecía un arco iris mientras los ojos le bailaban y el cabello se le ponía duro como si fuera de alambre.

—¿Qué le pasa? —preguntaron las tres sumamente alarmadas—. ¿Se siente mal? ¿Le duele algo?

Pete no contestó. No podía ni hablar.

En cambio, pegó un salto, dio dos vueltas carnero, gritó ¡ay!, lloró y, tomándose la enorme barriga con ambas manos, terminó por caer de bruces y por ponerse a gritar y a patalear como si fuera un bebé al que le sacaran la mamadera por la mitad.

—¡Ay mi barriga! —aullaba Pete—. ¿Qué le han hecho a mi pobre barriga? ¡Un médico, llamen a un médico!

En ese momento regresó Margarita.

Cuando vio aquella escena, casi se desmaya.

Pero recién entendió lo que ocurría cuando las sobrinas le explicaron lo que había comido Pete.

—Te lo tienes merecido —le dijo Margarita—. Seguramente que no viniste a mi casa por nada bueno.

—Es verdad —se lamentó Pete—. Entré a robar. Pero llama a un médico, Margarita, llama a un médico y te prometo ser bueno para toda la vida.

Margarita llamó a un médico, sí, pero también a un vigilante, que se llevó preso a Pete en cuanto el médico lo sanó.

A todo esto, las sobrinas juraron no jugar más a las visitas ni preparar recetas de tortas sacadas de un libro sin tapas.

¡No tanta risa!

Los Ganzúas entraron en el Banco, sacaron unas estrafalarias pistolas lanzarrayos y, apretando los gatillos, dispararon sobre los empleados. Un segundo después, alcanzado por esos rayos, todo el Banco se moría... de risa.

—Jua, jua, jua, jua —reía a tambor batiente el señor gerente.

—Ji, ji, ji, ji —se desternillaba el cajero principal.

—Jo, jo, jo, jo —gritaba el presidente del Banco, revolcándose por el suelo.

—Ja, ja, ja, ja —reía el vigilante que estaba de guardia.

Y mientras todos se reían sin poderlo evitar, los Ganzúas, muy seriamente, comenzaron a guardar en unas enormes bolsas todos los billetes, monedas y lingotes de oro que encontraron hasta que, cuando ya no encontraron más, salieron a la disparada, subieron a un vehículo y escaparon a toda velocidad.

Sólo dos horas después los empleados del Banco dejaron de reírse y corrieron a la comisaría para pedir ayuda al jefe de policía, a quien contaron lo que había pasado.

El jefe de policía los escuchó, se rascó la cabeza, puso cara de bobo, y dijo:

—Yo no entiendo nada. ¿Quieren contármelo de nuevo?

Y otra vez le contaron los hechos.

—Ahora entiendo menos que antes —dijo el jefe de policía cuando terminaron—. ¿Es que me quieren hacer creer que los Ganzúas tienen una pistola lanzarrayos que hace reír a la gente?

—Sí —dijo el presidente del Banco— y mientras uno se ríe como loco, sin poder parar, ellos aprovechan para robar.

—Muy bien —respondió el jefe de policía, poniéndose de pie y señalando hacia la calle—. Ahora mismo se van ustedes de aquí si no quieren que los meta presos por pretender burlarse de la autoridad.

Pero al día siguiente entraron en la comisaría más de veinte personas. Todas venían de otro Banco y pidieron hablar con el jefe de policía.

El jefe de policía los atendió y escuchó.

—Vinieron los Ganzúas, sacaron unas pistolas, nos lanzaron unos rayos que hacen reír, robaron hasta las monedas de cinco y se fueron corriendo mientras nosotros reíamos y reíamos sin poder parar. ¿Qué nos dice?

Esta vez el jefe de policía no los echó.

—Verdaderamente —dijo— esto de la risa es un asunto serio. Habrá que investigar.

En seguida tocó un silbato y varios agentes se cuadraron ante él.

—¡Hay que atrapar a los Ganzúas! —les dijo, dando un puñetazo sobre su escritorio—, y al que se ría lo meto preso.

Pero antes de que los agentes salieran a buscarlos, dio la casualidad de que en ese momento se oyera una gran carcajada que venía de la calle.

—¡Zas! —dijo uno—. ¿Serán los Ganzúas en un nuevo asalto?

Sí, eran los Ganzúas, que habían decidido robar ahora en el Banco vecino a la comisaría.

—¡Esto es intolerable! —gritó el jefe de policía—. Esos sinvergüenzas se atreven a robar en mis propias narices. ¡Todos contra ellos!

Y todos, hasta los perros de policía, salieron corriendo hacia el Banco donde los empleados se mataban de risa y donde los Ganzúas robaban a diestra y siniestra.

—¡La policía! —gritó uno de los Ganzúas.

—¡Fenomenal! —gritó otro de los Ganzúas—. ¡Ahora sí que nos divertiremos en grande!

Y sin esperar un solo segundo, dispararon sus rayos contra los vigilantes que en un santiamén largaron la carcajada como si estuvieran mirando una película cómica.

También los perros de policía, alcanzados por el rayo, fueron víctimas de aquel espectacular ataque de risa.

En esa forma, los Ganzúas salieron del Banco con lo robado, sin correr ninguna clase de riesgos.

Instantes después, como lo venían haciendo hasta el momento, los ladrones subieron a un coche y huyeron. Sin embargo, el jefe de policía los siguió. Sin que los Ganzúas lo advirtieran, se había escondido evitando así ser alcanzado por el rayo.

—¡Formidable! —se decía el jefe de policía—. Los seguiré en mi auto hasta donde tengan su guarida. Después pediré refuerzos y los atraparé.

Pero en ese momento los Ganzúas doblaron en una esquina. Y cuando el jefe de policía dobló, se llevó la gran sorpresa.

—¡Cáspita —dijo—, desaparecieron! ¿Cómo es posible si apenas me llevaban veinte metros de ventaja? Es como si se los hubiera tragado la tierra.

Lo que pasaba era que el auto de los Ganzúas podía transformarse en avión y remontar vuelo. Bastaba apretar una pa-

lanquita para que los guardabarros delanteros se convirtieran en alas. Y eso fue lo que sucedió, sin que el jefe de policía pudiera sospecharlo.

Sin embargo no se desanimó.

—Les he perdido el rastro —comentó—, pero hay alguien que podrá ayudarme. Y ese alguien es Mickey.

Rápidamente se dirigió a la casa de Mickey, a quien contó los hechos.

—El caso es difícil —dijo Mickey—. Pero yo los venceré.

—Muy bien, Mickey, pídeme toda la ayuda que necesites.

—No necesito ninguna ayuda. Yo solo los atraparé en cuanto ellos den el próximo golpe.

—¿Tú... solo?... ¿Cómo harás? Y además, ¿cómo sabrás en qué lugar y en qué día cometerán un nuevo robo?

—Eso es lo de menos. El plan que yo tengo es el siguiente. Pare bien las orejas.

El jefe de policía paró bien las orejas. De esa manera escuchó esto de Mickey:

—Bsss, bsss, bsss... porque cuando yo bsss, bsss, bsss... entonces ellos bsss, bsss, bsss... ¿Le parece bueno mi plan?

—¡Superbueno! —exclamó el jefe de policía—. Ahora mismo lo pondremos en práctica.

Al día siguiente se publicó en todos los diarios la fotografía de un turista con anteojos, bigotes y barba, que acababa de llegar a la ciudad. Al pie de la fotografía se leía: "Policarpio D'Oro, turista supermillonario que permanecerá diez días en nuestra ciudad. Su primer paseo lo realizará mañana: a las diez en punto dará una vuelta en la calesita de la otra cuadra. Como dato curioso, notificamos que el señor D'Oro se pasea siempre con un maletín en la mano del que no se separa ni para comer. En ese maletín lleva sus alhajas, anillos, relojes, alfileres de corbata y libretas de cheques. Todo un fortunón. Fantástico, ¿no?"

—Ya lo creo que es fantástico. ¿Verdad, muchachos?

—¡Justo lo que necesitábamos! ¡Lindo candidato para robarle!

Este último diálogo lo mantuvieron en su guarida los terribles hermanos Ganzúas, en cuanto vieron la noticia. Y a las diez menos cinco del día siguiente, ya estaban cerca de la calesita anunciada, esperando al supermillonario.

Lo que no sospechaban era que ese turista no era otro que Mickey disfrazado, quien, al igual que los Ganzúas y maletín en mano, se encaminó hacia la calesita. A su lado iba el jefe de policía.

—¿Estás seguro de que los Ganzúas picarán el anzuelo y que podrás atraparlos.

Mickey? ¿No temes que el rayo que hace reír te domine a ti también?

—No se preocupe, jefe. Usted quédese en su auto y déjeme seguir solo. Ya verá cómo los atrapo.

El jefe de policía se metió en su auto y Mickey siguió solo. Pero en cuanto los Ganzúas lo vieron, se lanzaron sobre él disparando sus pistolas. Los rayos dieron en el blanco y un segundo después el pobre Mickey caía víctima del tan temido ataque de risa. Dos segundos más tarde le arrebataban el maletín, y tres segundos después los Ganzúas huían.

—¡Perfecto! —gritaban—. ¡Lo hicimos en tiempo récord!

Y mientras Mickey se revolcaba por el suelo de la risa, el jefe de policía que había presenciado la escena, se arrancaba los pelos de la rabia.

Cuando se arrancó hasta el último pelo, corrió hacia Mickey.

—¡Hemos fracasado! —gritó llorando como un chico—. Se robaron el maletín y para colmo no podremos seguirlos porque ellos no dejan rastros.

—Jua, jua, jua —contestó Mickey—, por favor, jua, jua, no llore más... No hemos, ja, ja, ja, ja, fracasado nada, jo, jo, jo, jo, ellos no saben que en ese maletín, ji, ji, ji, ji, hay un transmisor que emite señales, jo, jo, jo, jo, y que yo puedo jua, jua, jua, jua, captar esas, je, je,

je, je, señales, por medio de una, jua, jua, jua, jua, jua, radio portátil, ji, ji, ji, ji, que dejé, jua, jua, jua, jua, en su auto.

Ante aquel anuncio el jefe de policía se tranquilizó. Condujo a Mickey hasta su auto, conectaron la radio, y pronto empezaron a escuchar las señales que lanzaba el transmisor oculto en el maletín que se llevaban los Ganzúas.

—Estas señales nos indicarán, jua, jua, qué camino toman, jua, jua, —dijo Mickey.

El jefe de policía apretó el acelerador y salieron tras los bandidos. Poco después, a Mickey se le pasaba el efecto del rayo y dejó de reírse.

—Es raro —dijo entonces—, las señales indican que estamos en el camino de los Ganzúas, y sin embargo no se los ve.

—¿No te lo había advertido? Es como si se los tragara la tierra.

De pronto en lo alto, vieron volar un automóvil. Claro: era el automóvil con alas de los Ganzúas.

—¡Cielos! —exclamó el jefe de policía—. ¡Con razón no dejaban rastros!

—Con rastros o sin ellos —contestó Mickey—, las señales nos indicarán en dónde aterrizan y en qué lugar tienen su guarida.

—¿Y si se les da por abrir el maletín y descubren el transmisor?

—No podrán. El maletín está cerrado

herméticamente y necesitarían herramientas especiales para abrirlo.

Así era. Mientras volaban en su avión-automóvil, los Ganzúas se desesperaban por abrir el maletín y mirar lo que había adentro.

—No hay caso —dijo uno de los Ganzúas—, se ve que aquí hay cosas de mucho valor. ¡Para abrirlo se necesitaría un cartucho de dinamita!

—En cuanto lleguemos a nuestra guarida, lo abriremos a fuerza de golpes —dijo otro de los Ganzúas.

Momentos más tarde aterrizaban en un lugar completamente descampado. Escondieron el avión-automóvil en una casilla y corrieron a meterse en un galpón abandonado. Esa era la guarida de aquellos sinvergüenzas.

Pero ya Mickey y el jefe de policía llegaban al lugar, guiados siempre por las señales del transmisor que seguía en el maletín, y los espiaron a través de una de las ventanas del galpón.

—Hagamos una cosa —dijo Mickey—. Entre usted primero y trate de distraerlos, yo mientras tanto procuraré sorprenderlos, irrumpiendo por esta ventana.

Así lo hicieron. De un salto, el jefe de policía entró en el galpón por la puerta.

—¡Oia! —exclamaron los Ganzúas—. ¿Y éste cómo nos encontró?

—¡Después se lo decimos!

El que había contestado era Mickey que había entrado por la ventana a la vez que se apoderaba de una de las pistolas.

Los Ganzúas se quedaron como pájaros bobos.

—¡Oia! —volvieron a decir—. ¡Es el turista supermillonario!

—Yo no soy el turista —dijo Mickey, mientras se quitaba los anteojos, los bigotes y la barba—. ¡Soy Mickey!

Y antes de que los Ganzúas hicieran alguna de las suyas, les disparó la pistola.

Cuando poco después entraron en la comisaría conducidos por Mickey y el jefe de policía, todavía seguían riendo. La risa se les pasó recién al día siguiente.

Entonces se pusieron a llorar y a pedir perdón. Pero no hubo perdón. En cambio, fueron obligados a trabajar en el taller de la prisión, recibiendo así el mayor castigo que pudieran soportar aquellos enemigos del trabajo y amigos de las malas acciones.

En cuanto a las pistolas lanzarrayos, quedaron en poder de la policía, pero solamente Mickey y el jefe de policía saben dónde están.

Déjenme solo

DONALD dijo: — Mañana escalaremos la montaña.

Y todos los chicos, miembros del campamento de pato-scouts, comenzaron a saltar y a dar gritos de alegría.

Y no era para menos: como instructor de los pato-scouts, Donald se estaba portando fantásticamente. "Mi lema es éste —decía siempre Donald— un pato-scout debe valerse por sí mismo". En una palabra, para Donald, un pato-scout debía arreglárselas siempre para salir de cualquier mal trance sin ayuda de nadie.

Por eso había enseñado a los chicos del campamento a encender fuego con sólo frotar dos piedras, a dormir en pleno campo, a cocinar los peces que ellos mismos pescasen y a fabricar casillas con ramas y hojas.

Al día siguiente, desde temprano, todo el campamento se puso en marcha. Al frente iba Donald, seguido de cerca por sus sobrinos. Un poco más atrás, el resto de los pato-scouts. Sube que te sube, todo transcurría normalmente, cuando de pronto se oyó un gran estrépito. Algo muy grande, que rodaba por la ladera, producía aquel ruido.

—Es esa piedra grande que está cayendo hacia nosotros... —gritó Luisito.

—...y que en su caída arrastra a otras piedras más grandes... —siguió Huguito.

—...produciendo ese peligroso desmoronamiento —terminó Dieguito.

Desmoronamiento o no, la verdad es que cuando Donald vio aquello, se pegó un susto tan grande como dos casas.

Pero no perdió la serenidad. Por algo era un pato-scout.

—¡Síganme todos! —gritó decidida-

mente—. Nos refugiaremos en esa gruta hasta que pase el alud.

Sin embargo, sólo sus sobrinos lo siguieron. Los demás chicos, un poco por el ruido que producía el desmoronamiento, y un poco más por el susto, en vez de entender "gruta" entendieron "ruta" y escaparon, tan pronto como pudieron, pendiente abajo hasta llegar al mismo lugar del que habían partido, es decir, a la ruta que los llevaba al campamento.

De manera que cuando la avalancha pasó, Donald y los sobrinos se encontraron solos en aquella gruta y aislados de los demás porque las piedras caídas habían cerrado el camino de regreso.

—¿Y ahora, qué hacemos? —preguntó Dieguito—. ¡No podemos bajar!

—¡Quédense allí! —gritó con todas sus fuerzas y desde la ruta uno de los chicos—. ¡Iremos a buscar ayuda!

—¿Ayuda? —dijo Donald, sumamente

57

ofendido—. ¡Nada de ayuda! Un pato-scout debe valerse por sí mismo. Si no podemos ir para abajo, iremos para arriba. ¡Adelante! ¡Ya encontraremos pronto otro camino para regresar!

Y con decididos movimientos, comenzó a escalar la montaña, seguido por sus sobrinos, que avanzaban con movimientos no tan decididos.

Subieron cien, doscientos, trescientos, cuatrocientos metros más, y no apareció ningún camino hacia el campamento.

—Tío —dijeron los sobrinos con suavidad—, con la corrida perdimos los víveres y esta montaña parece no terminar nunca. ¿Por qué no volvemos a la gruta y pedimos ayuda desde allí?

Fue en vano, para Donald nada era más fuerte que su orgullo de pato-scout.

—Tío —volvieron a decir los sobrinos, cuatrocientos metros más arriba— queremos comer algo y se está haciendo tarde. ¿Por qué no tratamos de bajar?

Nada. Donald seguía en sus trece.

Hasta que por fin, en medio de un desfiladero y enclavada en la roca, divisaron una carpa. Verla y correr hacia ella fue una sola cosa. Sin embargo, la carpa estaba vacía. Aunque no tanto...

—¡Oia! —exclamó Huguito—. ¡Cuántos víveres hay en esta carpa!

—Pero, ¿dónde estarán sus dueños? —preguntó Dieguito.

—Sus dueños deben estar en sus respectivas casas —explicó Donald con aire de superioridad—. Esta carpa es en realidad un refugio levantado por algún club de alpinistas para que, si alguien se pierde, encuentre aquí un lugar donde comer y dormir hasta que lo rescaten.

—¡Qué suerte! —exclamó Luisito—. ¡Justamente nosotros nos hemos perdido!

—Eso quiere decir que podemos comer de estos víveres —dijo Dieguito.

Y sin hablar más, comenzaron a comer de todo lo que allí encontraron.

—El ejercicio nos ha abierto el apetito —dijo Huguito, hablando con la boca llena—. ¿Tú no comes nada, tío?

—Yo no. Imagínense qué hubiera pasado de no haber encontrado este refugio. Si siguiéramos aislados de todos, sin ayuda posible, ¿hubiéramos aflojado acaso? ¿Nos habríamos dado por vencidos?

—Nosotros no tenemos imaginación, tío. Lo que tenemos es hambre —contestaron los sobrinos.

—Yo buscaré alimento por mí mismo, como debe hacerlo un pato-scout —dijo Donald, con orgullo, y agregó: —En la punta de aquella roca alcanzo a divisar un nido; treparé hasta allí y me apoderaré de los huevos, aprovechando que ese nido está abandonado.

Y sin dejar de comer, los sobrinos vieron cómo Donald escalaba la roca con gran esfuerzo y voluntad, hasta llegar a la punta donde estaba el nido. Pero cuando llegó, descubrió algo que no le gustó absolutamente nada.

—¡Repanocha! —exclamó—. Indudablemente, desde lejos, estos huevos parecían más chicos. En cambio, ahora han crecido. Me parece que son de águila.

Efectivamente. Eran de águila. Lo confirmó cuando sintió un terrible picotazo en el cuello. Era mamá águila que había descubierto al intruso.

—¡Trata de esquivar sus picotazos mientras vamos en tu ayuda! —gritaron los sobrinos que, por esa vez, dejaron de comer.

—Yo no necesito ayuda —gritó a su vez Donald—. Un pato-scout debe valerse por sí mismo. Recuérdenlo siem...

No pudo terminar; había recibido un segundo y violento picotazo que lo tiró de cabeza sobre una finísima capa de hielo que cubría la entrada de otra gruta. Al recibir aquel peso, el hielo se quebró y Donald siguió de largo, siempre de cabeza, hasta terminar en el piso de aquella gruta y frente a la entrada.

Sin embargo, no perdió su optimismo.

—¡Chicos, vengan; hemos triunfado! Esta gruta da a un camino. ¡Seguramente es el camino de regreso! —gritó a sus sobrinos, forzando la voz a todo lo que daba.

Los sobrinos, que no veían el momento de estar otra vez en el campamento, no se hicieron esperar. Cincuenta y cuatro segundos después se encontraban junto a Donald caminando por aquel camino. Pero no era el de regreso; era uno que llevaba a la cueva de un oso, amigo de la nieve y enemigo de los patos. Tan enemigo era, que en cuanto los vio venir se lanzó sobre ellos con toda la fuerza de sus patas para alcanzarlos cuanto antes, y con toda la boca abierta para engullírselos, también cuanto antes.

Por suerte, en ese momento, acertó a pasar por allí un helicóptero, cuyos tripulantes pertenecían al campamento de pato-scouts.

Habían salido a patrullar la zona, justamente para ver si localizaban a Donald y a sus sobrinos a quienes creían perdidos en la montaña. Cuando los vieron en aquella situación, no se hicieron esperar y arrojaron cuatro sogas.

—¡Agárrense de las sogas! —gritó uno de los tripulantes—. Así podremos subirlos al helicóptero antes que ese terrible oso les ponga las garras encima.

Nunca fueron los sobrinos de Donald tan obedientes como aquella vez. Como un solo hombre —o mejor dicho, como un solo pato—, se aferraron a las sogas y treparon con una agilidad y una destreza dignas del más acrobático mono de circo. Pero Donald, en cambio, seguía fiel a su lema.

—Un pato-scout debe valerse por sí mismo —gritaba mientras corría perseguido siempre por el oso—. ¿Qué hubiera pasado si ustedes no hubiesen llegado? No. Yo me las arreglaré solo con este terrible oso salvaje.

Esto fue lo penúltimo que dijo Donald. Lo último, fue lo que viene a continuación:

—¡AAAAAAaaaaaaaaaahhhhhhh...!

Sí, como imaginarán, ese largo "ah", no fue otra cosa que un larguísimo grito. ¿Qué había ocurrido? Preocupado por huir, Donald no había visto un precipicio. Resultado: cayó por ese precipicio y ahora, mientras gritaba así, rodaba por la ladera. Pero ya no era un pato: era una bola de nieve que crecía y crecía a medida que iba cayendo. Y para peor, y como toda cosa que cae, cada vez aumentando la velocidad. ¡Y además, el tamaño!

Sin embargo, aunque parezca mentira, al final resultó que Donald había salido con la suya, porque la ladera por la que rodaba envuelto en la enorme bola de nieve, terminaba, justito justito, a las puertas del campamento de pato-scouts.

Sin querer, Donald había encontrado el camino de regreso.

En cambio, lo que no encontró fue la manera de ponerse de pie. Para dar una idea más clara, Donald se sentía como si lo hubieran puesto a centrifugar en un lavarropas.

El cuerpo le había quedado tan dolorido, y los huesos tan molidos, que cuatro pato-scouts tuvieron que correr hacia él y ayudarlo a reincorporarse.

—¡Déjenme solo! —gritó Donald, aunque esta vez con voz sumamente débil—. Yo no necesito que me ayuden.

Y lo soltaron. Y entonces: ¡PLAF!

Ese ruido es el que hizo Donald al caer como una bolsa de papas en cuanto lo soltaron.

Y otra vez los cuatro pato-scouts corrieron a ayudarlo a reincorporarse. En esta ocasión, Donald no dijo nada. Y nada dijo cuando advirtió que también lo ayudaban a caminar, porque en realidad, Donald no podía dar un paso más.

En ese preciso momento aterrizaba el helicóptero y los sobrinos de Donald saltaban del aparato y corrían hacia su tío. Cuando lo vieron avanzar, apoyado en los cuatro pato-scouts como si fueran bastones con piernas, casi no lo pudieron creer.

—Tío, ¿por qué no imaginas que aquí no hay nadie y que debes caminar por tu propia cuenta? —le preguntaron los tres al mismo tiempo.

Pero Donald no tenía fuerzas ni para hablar; cuando abrió la boca, fue para pedir un colchón y un frasco de aspirinas. Por supuesto que también debieron ayudarlo a cambiarse de ropa y a acostarse.

Y durante una semana quedó tan, pero tan molido, que no se levantó ni para comer. Más todavía: Huguito, Dieguito y Luisito debieron turnarse para darle la comida en la boca.

Desde esa vez, Donald cambió su antiguo lema por otro menos heroico pero más práctico: "Un pato-scout debe valerse por sí mismo, siempre que al lado no tenga a nadie que lo ayude"

Í N D I C E

Esta edición se terminó de imprimir en Agosto de 1992, en
Indugraf S.A., Sánchez de Loria 2251, Buenos Aires.